U1020881

河北省雁翼研究会重点书目
邯郸学院资助出版

春天的味道

——邯郸大学生诗歌节作品精选

（2016）

主编　邢保良　王红升　韩燕红　王　伟

北京理工大学出版社
BEIJING INSTITUTE OF TECHNOLOGY PRESS

内容简介

这是一部当代大学生诗歌作品集。作为“2016 邯郸大学生诗歌节”活动成果的一个展示，收入本书的 117 首诗歌，题材丰富，类型广阔，风格多样。其中，既有对民族复兴和国家梦想的真诚期许，也有对火热青春和美好生活的热烈向往；既有对家乡和亲人的牵挂与眷恋，也有对爱情和友情的希冀与憧憬；既有对社会问题的独特思考，也有对底层状况的客观描述。它们或直抒胸臆、激情磅礴，或蕴含哲理、给人启迪，或短小精悍、言简意深，或长篇铺排、功力深厚，或结构精巧、语言华美，或不拘形式、质朴自然，是当代大学生心底流淌出的关于青春、时代与梦想的歌。

版权专有　侵权必究

图书在版编目（CIP）数据

春天的味道：邯郸大学生诗歌节作品精选：2016 / 邢保良等主编. —北京：北京理工大学出版社，2017. 9

ISBN 978-7-5682-4830-3

Ⅰ. ①春…　Ⅱ. ①邢…　Ⅲ. ①诗集-中国-当代　Ⅳ. ①I227

中国版本图书馆 CIP 数据核字（2017）第 216719 号

出版发行 / 北京理工大学出版社有限责任公司
社　　址 / 北京市海淀区中关村南大街 5 号
邮　　编 / 100081
电　　话 / (010)68914775(总编室)
　　　　　(010)82562903(教材售后服务热线)
　　　　　(010)68948351(其他图书服务热线)
网　　址 / http://www. bitpress. com. cn
经　　销 / 全国各地新华书店
印　　刷 / 保定市中画美凯印刷有限公司
开　　本 / 710 毫米×1000 毫米　1/16
印　　张 / 16. 25
字　　数 / 165 千字
版　　次 / 2017 年 9 月第 1 版　2017 年 9 月第 1 次印刷
定　　价 / 68. 00 元

责任编辑 / 王俊洁
文案编辑 / 王俊洁
责任校对 / 周瑞红
责任印制 / 李志强

图书出现印装质量问题，请拨打售后服务热线，本社负责调换

编 委 会

编委会主任 杨金廷 马计斌

编委会副主任 赵新生 鲁书月 邢保良 白清长 柴兴泉 姬振江

编 委 （以姓氏笔画为序）

王 伟 王永芹 王红升 王承俊 宋继革 张英良 张路安 李 广 李春雷 崔志博 崔献军 康香阁 韩燕红 雁 鹏

顾 问 赵云江 温建军

主 编 邢保良 王红升 韩燕红 王 伟

序　言

春 天 的 味 道

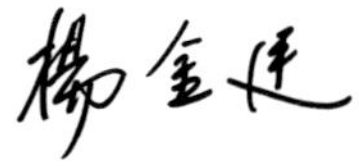

随着“2016邯郸大学生诗歌节”活动的圆满结束，又一册崭新的《邯郸大学生诗歌节作品精选》就要与大家见面了。这是自2013年“邯郸大学生诗歌节”这一面向全国大学生的诗歌盛事启动以来出版的第四册诗集。捧着桌上的一摞诗稿，喜悦与感动充盈于心，一是为这一文学活动四年来的执着追梦和不懈坚持，二是为依然有如此众多的青年学子热爱诗歌并追随缪斯的脚步。

由邯郸学院和共青团邯郸市委、邯郸市作家协会、河北省雁翼研究会、《九月》杂志社共同创办的诗歌节活动，到2016年已经连续举办了四届。四年间，基于这项活动本身的影响，再加上微信、微博等网络平台的宣传，活动规模持续扩大，影响不断提高，得到了全国各地越来越多大学生的积极支持与响应，参与人数和参赛作品数量总体上呈现出逐年上升的趋势。四届活动中，来稿大学生累计达3 000人次，收到参赛诗歌

11 000余首。2016年诗歌节以“青春·时代·梦想”为主题，征稿期间，共收到来自全国和海外150所高校的563名大学生的稿件3 400首。组委会本着对每一位来稿者、对每一首参赛诗歌负责的态度，本着公正公平的原则，邀请大学教授和著名诗人组成评委会，进行了认真的初评、复评和终评，最终评出获奖诗歌81首，为作者颁发了荣誉证书和奖金、奖品。收入这部作品选中的诗歌，就是本届诗歌节来稿中一些有代表性的佳作，是作者们共同谱就的一曲昂扬向上的青春之歌。

在这部集子里，广大青年学子以充满蓬勃朝气的作品，感怀社会主义核心价值观，抒发积极向上的青春志向，畅想美好的未来，诗歌题材广泛，内容丰富，形式多样，手法不拘一格，体现了较高的艺术品位和价值追求。

这是一部传递正能量的集子。有人说“90后”是自我意识、个性意识凸显的一代。然而这些“90后”的青年诗者，却让我看到了他们在注重自我、张扬个性的同时，心系祖国大地、关注民族历史，将个人与时代紧密结合的视野和胸怀。《日出、黄昏和土地》表达了对大地母亲的热爱，《我在北方的夜里想江南》《我想定居在呼伦贝尔草原》表达了对祖国大好河山的向往，《沙·梦》表达了对中华民族历史的敬仰和为祖国强大而奋斗的坚定信念，《青铜器》《复活日》《钟声》等诗歌中所表达的苦难意识与担当精神……感怀于心，寄情于外，这些诗歌强烈地使我感受到，这是一群充满壮志的学子，这是一群担当有为的青年，这是一群胸怀博大的歌者。在诗歌中，他们或打破时空界限，或采用整体象征，或借助某个绝妙意象，将自我的情感融汇于祖国，融汇于历史，融汇于时代的脉搏之中，

寻觅自己前进的方向，传递出了时代的正能量！

这是一部歌颂青春的集子。作为朝气蓬勃的大学生，关注青春，歌吟青春，这是最正常不过的了。收入这部诗集中的一些诗歌,就展现了大学生对青春与梦想的丰富表达。无论是《人生是一场不留余地的绽放》《幸好人生没有错过》《梦想，从来都不是很遥远》中对青春和理想坚定执着的追求,还是《青春，别走》《难舍的青春》《青春花语》等诗歌中传递出的对青春的珍惜与怀念，虽角度不同、内容有别，但对青春本质的理解却一致，即青春是美好的，青春是不能虚度的，青春就是要满怀激情去奋斗的。这些诗歌中，看不出丝毫的懈怠、懒散和抱怨，洋溢着的是热情，是向上的力量，是激励广大青年学子奋斗到底的坚定信念。这样的青春，终将是无悔的！

这是一部体悟情感的集子。选入诗集中的这些感怀抒情的作品，让我们看到了大学生的细腻多思，让我们感受到了青年人的纯真热烈，这是他们对爱的理解和诠释。其中，既有《梯子》《正好需要一场爱恋》《四月》等体现出的对美好爱情的纯真追求、热切期待，也有《我想》《七夕》等对理想之爱的坚定不移，又有《村庄》《黄昏以前》《三月，油菜花开》等表达的求学在外的学子对家乡故土的深深眷恋和炽热的爱。让人感动的还有《我想带母亲走出黑房间》《梦你》《奶奶背上的烟花》等诗歌中对父母、长辈的思念与感恩，在作者的笔下，这种永恒的亲情之爱是深沉的，是触动人心的，是让人久久回味的！

这是一部见证成长的集子。诗人打开心灵之窗，以诗句表达青春的蜕变，他们放眼现实生活，探索未知的人生和世界。在这部作品集中，这一特点表现得尤为明显。《我来自人海》《又是雨季》《第三面》等诗歌中对人生处境的复杂体验,《四方》《塞北纪行》等作品中对生命永恒的感怀,《孤独者》《旅人》等作品中体现出的作为孤独者的骄傲和担当。在这些作品中,诗句或细腻空灵,或豪爽奔放,或深沉理性,或充满哲思,没有怀疑,没有怨恨,没有迷茫,充盈着满满的真挚、希望和坚定。这些青年诗人以独特的生命体验,在成长的道路上刻下了有力的痕迹。这是多么美好、多么珍贵!

这更是一部接地气的集子。与往年的作品相比,这一届诗歌节的许多来稿,不仅使我读到了青年诗人们成长的青春、鲜活的思想、美好的情感、跳跃的灵魂,也让我感受到了他们关注现实、关注社会、与人民同呼吸、与时代共冷暖的大我情怀。收入这部诗集中的一些作品,不约而同地把关注的视角投向了社会普通民众的真实生活,其中既有对流浪者(《一个流浪者》)、拾荒者(《拾荒》)、留守儿童(《以一个留守儿童的口吻》)这些弱势群体的直面关注,也有对环卫工人(《外滩,环卫工人没有面孔》)、保洁阿姨(《生活散落在楼梯周围》)、挑夫(《棒棒儿》)这些底层群体的真实书写。这是一种时代意识和担当精神的体现,也更加有力地证明了这是一群走出小我、关注社会现实、关注人民冷暖的热血青年!读着这些艺术性也许还有待进一步提高,但体现出强烈的底层关怀和散发着滚烫温度的诗歌,不禁让我对这些年轻的作者肃然起敬,让我对诗歌的未来充满了更多的期待!

诗歌是多姿多彩的,正如春天的味道,需要我们用心去品味。相信有各方面的大力支持,有广大青年学子的积极响应与热情参与,“邯郸大学生诗歌节”这一品牌性的活动一定会越

办越好，诗歌的百花园一定会更加充满生机、华美芬芳，春天的味道也一定会更加鲜美醇厚、回味无穷！

2017 年 5 月 29 日

（作者系全国优秀教育工作者，全国优秀社会科学普及专家，教育部本科教学评估专家，全国教师教育学会地方院校协作会副理事长，河北省雁翼研究会会长，邯郸学院党委书记，教授，博士，硕士生导师）

目 录

春 天 的 味 道

01 第一部分 日出、黄昏和土地

02 第二部分
人生是一场不留余地的绽放

03 第三部分
青春印象

04 第四部分 如果能够在春天和你相遇

05 第五部分 乡村记忆的守望

06 第六部分 我来自人海

07 第七部分 黄昏已逝

08 第八部分 仰望一块煤

第一部分

日出、黄昏和土地

日出、黄昏和土地

◇刘 悦

日出的光芒，
照射在海格公墓的花楹，
伴着梵婀铃的身躯，
颂神之曲来自天堂。

这是一只工人的曲子，
锤子的声响，
与镰刀的合奏。

阳光渗透进每一份土地，
旋转、冲击着，
我们的心灵！

我不知道，阳光是否永恒，
却忘不掉大地的万世光芒；
我不知道，躯干是否腐朽，
却明白真理的永存！

黄昏和日出一样美丽，
不在于日光的绮丽，

而在于，我们的心灵，
心中的大地！

作者简介

刘悦，河北师范大学文学院汉语言文学专业 2012 级学生。

看见未来

◇ 胡玉贤

海亲吻水的边际，
叶轻抚花的内心。
趴在桌上仰望，
鸟在天空上画下无色的弧线。
蹲在地上观察，
蚂蚁向穴中搬移可口的食物。
站在原地张望，
看见未来的裙角向我摆动。
跑向路的那边，
看见的是碧海青天，风轻云淡。

作者简介

胡玉贤，邯郸学院文史学院汉语国际教育专业 2014 级学生。

我在北方的夜里想江南

◇ 王尹彤

我在北方的夜里想江南。
在皑皑的积雪中，
想江南的莺飞草长；
在满天的寒星下，
想江南的小舟轻楫。

我在北方的夜里想江南。
在婆娑的树影里，
想二十四桥明月照；
在温柔的轻风中，
想江南春雨柳染烟。

我在北方的夜里想江南。
想春天，
北方的风软了，
江南的花开了。

我在北方的夜里想江南。
想南方归来的第一只燕子，
衔一枝温馨的春色，

筑一巢呢喃的春梦。

作者简介

王尹彤，锦州师范高等专科学校初等教育系生物班 2014 级学生。

沙·梦

◇ 李宏钧

我是一粒沙
曾聆听大唐西去的驼铃
见证盛世的歌喉唱出繁华

我是一粒沙
曾目睹万园之园的烈火
经历屈辱的喉咙早已呕哑

我是一粒沙
曾伴随前进的红旗和号角
听到身后雄壮的呐喊和坚定的步伐

如今
我依然在风中飞扬
伴随着飞驰的西进列车飞向幸福的歌声

作者简介

李宏钧，邯郸学院文史学院汉语言文学专业 2014 级学生。

我想定居在呼伦贝尔草原

（组诗五首选一）

◇ 黄紫萍

我想定居在异乡
最好是定居在内蒙古
先放下一个南方人特有的温驯
我想去内蒙古
只是为了那大兴安岭脚下
世代质朴的人们
只是为了在那黎明的草色块里
生根的，喃喃地叫着自己小名的
一只忏悔的羊羔
待赋闲时，还可以
学学古老的仪式
与人晃荡，容纳出所有的潮水
与人弓起腰身，嘎吱作响
没有人知道，也不会有人会知道
弓起的一瞬间
种下过一束待涨潮的小花

作者简介

黄紫萍，北京翻译研修学院航空专业 2013 级学生。

我迎着日出抵达这片山冈

◇ 朱光明

我迎着日出抵达这片山冈
像是来到我生活多年的故乡
在这个深秋的季节
阳光和空气一样稀薄
一如生活中的甜点
在这片土地少之又少
万物依旧静默，痴迷于生长

乡民们在心中敬畏天地，供奉祖先
在山冈忙于生计，挥汗如雨
只要他接过我手里的香烟
嘴里的话匣，我便熟悉了整片山冈
看见老人鸡犬绕膝，一脸安详
我就能想到他内心的孤寂
我就能想到他将在此孤老一生

看见有玲花静静地飘零
我就想起我的生命也在悄然流逝
无声，又无息
看见弱小的蚂蚁在大地上爬来爬去

我就想起了生活的全部意义
我跟着落日的脚步悄悄下山
仿佛我从未到过这片山冈

作者简介

朱光明，成都艺术职业学院新闻采编与制作专业 2014 级学生。有作品在《星星诗刊》《草原》《四川文学》等杂志发表，参加 2015 年中国 • 星星大学生诗歌夏令营，曾获中国诗歌学会第三届中华校园诗歌节一等奖、武汉大学第 32 届樱花诗歌邀请赛二等奖、2016 邯郸大学生诗歌节征稿优秀奖。

生命的翅膀

◇ 王乙轲

向往着海，
对着天空开出地老天荒；
祈祷着梦，
对着时空呼出绝望的呐喊。
如果生命可以幻化，
在这一刻，
希望拥有的不是万贯财富，
只要一双坚强的翅膀。
站在高空，
俯瞰芸芸众生，
在电光火石中呼吸，
编织一道道亮丽的彩虹。
当立足在这个世界时，
不必用华丽的外表来装扮，
不必用虚伪的认知来掩饰。
只要带着我们的良知，
我们的真实。
带着它上路，
稚嫩的翅膀可以飞翔；
带着它上路，

丰满的羽翼可以抵抗风雨。
执着的生命，
开启迷茫的心，
撑起我们生命的翅膀，
朝着梦的彼岸，
永无止境地飞翔！

作者简介

王乙轲，邯郸学院文史学院汉语言文学专业 2014 级学生。

年轻

◇ 高国剑

应该是这样的早晨
光线撕开一页页鸟鸣
喷薄的红日，扛在青山肩上
蜂蝶开始敲锣打鼓
绿叶泛浓，菜花金黄
我从这里打马而过
长风清爽，日子发亮
突然想起一些远方与现在
远方
长鹰袭空，皓雪凝冰
现在
时光奔涌，生命萌动
而我，正年轻

作者简介

高国剑，宿州学院文传学院汉语言文学专业 2014 级学生。

屈原

◇张　健

鸷鸟还在飞吗
那个含英饮露的灵魂
旷野里衔一支薜荔
权当是故乡的慰藉
它飞了很久了
远了颠颠倒倒的醉态
带着为多艰的民生
而憔悴的容颜
它在清瘦的旷野
缓缓振翼
与日月比肩、与星辰为伴
熙来攘往的人啊
你可有勇气
追求这样纯粹的潇洒
又一个日薄西山
农夫荷锄而归的时候
它突然感觉飞倦了
好想做一棵橘树
站在乡间陌路
独享风雨孤独

作者简介

张健，华东政法大学经济法学院经济法专业 2012 级学生，获 2016 邯郸大学生诗歌节征稿优秀奖。

青铜器

◇李　叶

古老的花朵在你的园圃里
撒下它锋利剧毒的种子
我用光与火，用雪花和木炭
煅造出一件挺拔而又坚硬的青铜器
所有的火舌吐着猩红的唾液
躁动的夜晚弥漫着诡异的气息
蜕皮的钢蛇纠缠着石头佝偻的背影
黑云嚼食着诗人头脑里恐怖的诗句
一切的痛苦与不安
潮湿的瞳孔与活人脸上的死皮
都在这一夜一夜的黑暗里挣扎
都在这白鸟儿遮天蔽日下哭泣
但是我等待的日子已然降临
我现在将用我的青铜器掘开
附拥在你周遭的那些令人痛苦的泥土
让那古老又原本恶毒的种子
从此接触隧道的阳光和雨露
让它在你这险恶之地生根发芽
让雷闪化为泪水喷薄在冰冷的夜幕
当这古老的花朵的善良基因终于被催醒

我已手持着为你而锻造的青铜器
看着已近黎明的涌动的光阴
内心充满着无比的幸福与激动
在接下来的日子里我只需等待
在缀着乳汁味道的每个温馨的夜里
看那花朵快乐地醒来又安详地睡去
看你这先前胸乳的土地、痛苦的园圃
怎样在我锻造的青铜器下
开出璀璨的花朵，酿得乳水的神奇

作者简介

李叶，本名巴浩文，山东财经大学东方学院会计学系审计专业学生。

钟声

◇ 知足常乐

一路辗转
从唐诗里逃出
掠过披着露水的旧客船
提走一盏夜里曾打坐的灯
青山为眉
春水作弦
还有旧时的三里桃花
千百次里沦陷于沉默
之后把自己圈养在宁静里
这一路众生的苦和悲
在发间招摇过市
走得再慢一些吧
留一缕迸出喉咙的呐喊
以一个过客的身份

作者简介

知足常乐，本名吕颖，山东交通学院管理学院公共事业管理专业 2014 级学生，获 2015 邯郸大学生诗歌节征稿优秀奖。

青花

◇安　树

素白胎体上
游动的风景
诉说着
来自过去的
美丽
也幻想着
触不到的
未来的残酷
从破碎的砂到
完整的画面
经历的是烈火的灼烧
和烟雾的熏炼
身体的剧痛
成长过程中的煎熬
在被抛弃为碎片的空中
早成为不纯粹的砂
不干净的画
而蜷缩在底部的青丽
以不视外界的懦弱
保得周全

求得延续

青花的生命

就在一个破碎

一个苟延中

记录着变迁

作者简介

安树，邯郸学院文史学院历史学专业 2014 级学生，邯郸学院致远剧社社长。

复活日

◇雷　林

这里的道路并非迷途，
红色山丘呼唤着我们。
时间是残破的唯一，
脚步必须跟随，
盘旋，在树林之中，
爬行者矫健的影子。
我来了，谜团被说出。
言语的尽头一扇大门紧锁着，
泥土墙上贴满生造的汉字，
字里行间闪着颜色，而我们漆黑。
晴夜，在马王堆疗养院的地上二层，
烟头和嘴唇一起升天。
空置的墓穴中无人寻找，
影子得以长跪不起。
如光，圣母像前的静默，
苦难为我而来。

作者简介

雷林，湖南第一师范学院数学与计算科学学院数学与应用数学专业 2014 级学生。

第二部分

人生是一场不留余地的绽放

假如

◇王　雨

海平面不再上升
亚非欧同一张笑脸
金钱失去狂热
难民踏上朝思暮想的归程
侮辱和谩骂变得疲倦不堪
黝黑的枪口成为土壤寄生的地方
一年四季花香缭绕
立即出发
去告诉冰洋上的北极熊
消息就和心儿一样激动畅快
在基督教堂钟声之上
在尼罗河鳄鱼看向夕阳温柔的目光中
我和你的手终于握在了一起
力度胜过坚硬的屏幕

绵软的、无声无息的
湿凉的手心里
紧紧攥着一个梦
我摸到了假如
摸到了一摊泪水

已经
失去了温度

作者简介

王雨，邯郸学院文史学院汉语言文学专业 2014 级学生。

飞翔

◇隐　溪

哼着，唱着
自己的歌
我们放纵，我们潇洒
我们知道糜醉后的痛
我们激动，我们哭泣
我们不忘挫折中的苦
自由的心，火焰的热
痛快也好
快乐也罢
生命有着梦想
幻想长着翅膀
无论何时，都随你飞翔

作者简介

隐溪，本名顾振宇，邯郸职业技术学院电子信息工程系动漫专业 2014 级学生。

请给我一分钟

◇ 裴万权

请给我一分钟
让我用双眸观赏雨落的节奏
让我用心灵倾听花开的声音
让我用笔触记录世间的冷暖

请给我一分钟
让我亲自向嫦娥寄一封信
信中写满乡情
让我躬身向婵娟赠一幅图
图里画上亲朋

请给我一分钟
让我为父母抹去额头的露珠
让我为兄弟奉上杯中的美酒
让我为姐妹挑好橱里的嫁衣

请给我一分钟
让我斟酌几个文字
规划我的一生

作者简介

裴万权，宁德师范学院生物系生物科学专业 2014 级学生。

这是一个梦想

——献给图里·吉里安诺

◇ 张雪敏

有的人活着
他并不快乐
有的人死了
他却很幸福
人们看不起梦想家
说他们活在虚幻中
人们痛恨阴谋家
他们为自己把这个世界堕落成地狱
你就在这片土地上而生
孕育着一个时代的梦想
你目睹着人们困苦的生活
要把他们拯救出来
你感受着这美好的花香
要把他们与世人分享
你穿着得体的衣服
你别着战争的猎枪
你要把所有的噩梦变成美梦
所有的恶魔都化作天使

并不是上帝不给你机会
而是这片土地上有太多的罪恶
阴谋者的大脑孕育着一场场权力的游戏
你在一次次袭击中变得智慧残忍学会抵抗
人们逐渐把信任转化为恐惧
人们把尊敬描绘成传奇
当浪漫终于染上血腥
当勇猛上升为权势
当忠诚退化为利益
当夏日的阳光终于不再明亮
你终于看清了自己的命运
这是一个梦想
在矛盾中升华
在堕落中死亡
梦想家死了
他被人们铭记
阴谋家活着
他被人类遗忘

作者简介

张雪敏，邯郸学院文史学院汉语言文学专业 2014 级学生。

九月的梦

◇董　璐

谁来彻底告诉我，
过去是一个梦，
更是一种错觉。
我是一朵柳絮，
睡在昨天的九月。
清风将我唤醒，
我
爱上了风的颜色。
而它却对我说：
“牡丹将属于我。”
那是我仰望的岁月。

我
只好将梦偷偷忘记，
微笑着，
独自回到了北国。
我多么渴望变成一棵青松，
傲立在今天的九月。
即使在凄寒的日子里，
也遗世独绝！

作者简介

董璐，曲阜师范大学教育科学学院心理系 2013 级学生。

幸好人生没有错过

◇ 杨翠华

我们那颗年轻的心
太轻太薄
经不起挫折，受不起失败
可这并不是一切
所有的结局其实并没有写好
我们还年轻
人生还有很多变数
不要急于否定自己
不到最后
你永远都不知道自己有多优秀
我们应该庆幸，而且感谢上苍
我们还拥有最好的时光
最温暖的模样

作者简介

杨翠华，邯郸学院文史学院秘书学专业 2015 级学生。

变卦

◇未　央

你曾说
要做一只二月春风里
断线的纸鸢
以眼去测算
天有多广地有多宽

我曾说
要做一只红尘阡陌上
流浪的蜗牛
用脚去测量
山有多高水有多迢

为何后来
你被孩童系上了绳索
我被作家写进了童话

是否当
往昔叩不开现实的大门
一切便只能作罢

曾经年少的梦啊，
经不起岁月的风吹雨打

也许
我们都没有说谎
只是习惯了变卦

作者简介

未央，本名袁伟，扬州大学农学院农学专业 2015 级学生，校园诗人，作品散见《青年文摘》《意林》等多种杂志和一些年度选本。

爱恋操场

◇刘　斌

我换上自己训练的行装，
驰骋在悠长的跑道之上，
奔跑中遥望终点的希望，
在跑道上书写成功与理想。
我知道那是心的方向，
拥着这个目标，
揣着这份希望，
我不知疲惫地驰骋在理想的道路上。

我的成功在这里创造，
我的理想在这里起航。

于是，
冬守飞雪，
夏守阳光，
对操场的爱恋，
在我的心底深深弹唱。

作者简介

刘斌，邯郸学院太极文化学院 2014 级学生。

一两的梦想

◇ 赖家辉

睡不着
梦境被雨水捣碎
白色的子弹穿过窗台
在坑坑洼洼的地板上
我的拦截捆成一两件粽子

短墙的背后
有许许多多年轻的不舍
化成誓言
错落的房子　切割完整的春天
失眠的床单　凌乱了我的辗转反侧

贴在墙上的记忆
把我的青春写成一部浓缩的悲剧
在哪里摆放都让人感到悲伤
为了抓住一两的梦想　划亮火柴
太快见证了这座城市层层叠叠的孤独
在宽阔的街角　像一朵花沉默着

在夜色的掩护下

我变成萤火虫的触角
一路微响，一路闪亮
在繁星起伏里
发出一两不重的信念
点亮每一个漆黑夜晚里的白色
去放大每一个晶亮的早晨

作者简介

赖家辉，广西师范大学文学院汉语言文学专业 2013 级学生，获 2015 邯郸大学生诗歌节征稿优秀奖。

给你

◇ 邹欣悦

还能给你什么
暗夜深处
凝视一束孤独的烛火
一如我正在跳跃的心

我一遍一遍反复追问
还能给你什么

给你青春，我的青春被皱纹爬满
给你月光，我的月亮已清辉锐减
给你清泉，我的泉水早已蒸干

还是给你一颗心吧
在离开尘世的时候
如果你不嫌她血肉模糊
就请你捧到掌心
她还尚有余热
她还尚有回音

你能听到她在春天里的歌声

曾经用微弱的音符
表达着心里的渴望
直言哪里有你
就会有明媚而生动的阳光

离开尘世的时候，还能给你什么
我曾爱过又恨过的人群
除了一颗血肉模糊而又微弱挣扎的心
我，
一无所有

作者简介

邹欣悦，邯郸学院文史学院汉语国际教育专业 2014 级学生。

人生是一场不留余地的绽放

◇ 木兴于林

原想，在一切都还未曾定格之时，就毅然选择流浪，
抛开心底的顾虑和惆怅，踱步向前，奋力拼闯。

原想，在拥有还未成为过去之时，就决绝放弃回望，
终止眼前的落魄和忧伤，一路而往，执着远航。

在梦里梦外的荒山原野，有花谢花开的壮烈，以及
云卷云舒的轻扬。如果还有别的，或许是你
千里万里的追觅，从未沉寂，亦不曾张狂。

即使偶尔错愕，惊奇于这光怪陆离的小小世界，
为何人潮涌生，却止不住前赴后继的背弃与转身，
看不完离合悲欢的渡桥和站台，
连声呐喊的音线里，细细听来，尽是你
满怀的憧憬，与紧慢有序的心跳。

倘若，美丽可以捕捉，羞怯可以隐藏，
或者，你可以奋不顾身地逃离，
逃离慵懒的姿态和颓痞的语气，生活便及时行乐，
还你一个清新的视角，灿烂的夕阳。

还有还有，梧桐树长得高大，百灵鸟学会歌唱，
静谧呼唤喧闹，黑夜点亮灯光。

然而，你只是一个单行体，一段不被书写的传奇。
愿意也好，不愿也罢，
生活啊，真正走进你的时候，仿似
流萤穿过树梢，星星拥抱月亮。

天热了凉了，惊觉四季的回转，
潮深了浅了，感知朝暮的早晚。
而你，脚步重了轻了，衡量着生活，也
衡量着命运悠长。当回首来时路，
却渐而发觉，人生，其实就是一场
不留余地的绽放。

作者简介

木兴于林，本名李国兴，山东理工大学商学院2013级学生。

梦想，从来都不是很遥远

◇ 刘晶晶

梦想，从来都不是很遥远，
只是需要用心去寻。
怀揣着好奇、兴奋来到了一个新地方，
眼前的一切让你眼花缭乱，
甚至蒙蔽了内心，
或许当时的你十分满足于现状，
并且为取得一点点不值一提的成就而沾沾自喜，
每天庸庸碌碌、浑浑噩噩。
是否已然不在意失败后的伤痛，
是否已经忘记当初的承诺和誓言，
而这怎能不在意，
它犹如一把尖刀刺向心脏，
刀疤是永远的见证；
那又怎能忘记，
因为里面包含的是无限的希望和动力。
慢慢地，
你会回归原本的自己，
那个为梦想坚持奋斗的女孩，
心累了，可以放下去歇歇，
但终要启程，

因为梦想就在附近。

作者简介

刘晶晶，邯郸学院文史学院汉语言文学专业 2014 级学生。

诗人的梦

◇浮　尘

那是一个美丽的诗人的国度
在这里
花儿对你点头
草儿向你招手

在这里
没有欺骗
没有伤害
就连暴风雨也会轻抚你的面

那是一个理想的诗人的国度
在这里
蝴蝶绕你纷飞
鸟儿为你萦回

在这里
没有落寞
没有冷落
就是豺狼虎豹也将因你温柔

那是一个遥远的诗人的国度
在那里
杨柳为你垂眸
繁英为你低头

在那里
没有讥讽
只有尊敬
这里的一切终获自由

作者简介

浮尘，本名赵佳佳，河北科技师范学院文法学院汉语言文学专业 2015 级学生。

爬山虎

◇韩　雪

用你积蓄了一个夏天的温度点亮这个秋天
红红火火的排列
让凄凉的秋天增添了暖意
一枝一叶的布局是那样的自然和均匀
美丽的身影不在乎谁来衬托
只要土壤水分和温度充沛
心中的目标一定积极向上
无论任何尖刻强硬的环境
你总是用轻盈的身姿描绘出令人赞叹的线条
遮去丑陋
净化尘埃
玻璃窗里的人只会浇灌屋里的花卉
从不为你施肥和灌溉
低微的待遇你毫无怨言
经过一个寒冬的休整
明年的春夏
这里还是你的舞台

作者简介

韩雪，邯郸学院文史学院汉语国际教育专业 2014 级学生，邯郸学院雁翼文学社社长。

春已经来到

◇吴 波

大地静静地松睡着
绿茸茸的思念带着丝丝缕缕的情愫细细蔓延
种子也寂寂在等待
稀稀疏疏
寒露听着涓涓滴滴的声响款款地回暖
嗒
滴落在松睡的土地上
突然，翻动起一丝生机的波浪
细细沙沙细细沙沙
种子懒懒地醒来
几丛调皮的草儿泉涌而出
绵绵的茸茸的绿
鸟儿欢呼
河流鼓掌
徜徉着冲破所有冬的羁绊回到浪漫的怀抱

听，抽芽的苗儿血液在流动，咚咚作响
看，娇红的花色摇曳在草间，舞动春色
奔流的春风抖落春的幕布
花儿便在泉涌的绒草上荡起了桨

河水还镶嵌着冰冷的玻璃

寒峰也在远远地眺望

冬还在徘徊

大地看着一色新嫩的妆容微微一笑

轻轻地说

尽管冬还未远去

但春，已经来到

作者简介

吴波，上海大学上海电影学院艺术学理论专业学生。

第三部分

青春印象

我们这四年

◇李　璐

湿润发梢甩碎一片阳光
是第一年人群中初次见你
迷彩服被炽热的太阳融化成梅花鹿的斑点
你跳跃着拥抱大地
沾染了整个草坪的绒毛

篝火燃着纸墨的躁动不安
是第二年你哔剥作响的心事
海浪冲击着青春　炸裂漫天的彩虹
笑泪都晶莹

垂眸的睫毛轻轻切开月光
是第三年你口中的十年美梦
清风鼓帘明月相奏
命运无声勾勒着皮肤的纹路
你隐身于无声的浩瀚
怀抱着火焰和巨钟

盛夏金光里浮动的金灰
是第四年你丢弃的过往

暮色四起轻哼着离歌
你的影子一直生长
穿山越岭
那么顽强

作者简介

李璐，邯郸学院文史学院汉语言文学专业 2014 级学生。

童年

◇ 韩 博

雪还没下

我就开始扫了

作者简介

韩博，滨州学院数学系应用统计学专业 2013 级学生，获 2016 邯郸大学生诗歌节征稿三等奖。

独坐光阶

◇ 王子瓜

"相看两不厌，只有敬亭山。"

——题记

对岸，路灯正在星星般闪烁。几声争吵轻轻地，
晕开远处的草坪，好像蜻蜓点着银河。白云那么白。

十几年前，我在土桥一头踢石子，听着随树林起伏的蝉。
外婆拿着一根细长的竹竿走向林子，在月下仿佛她说过的仙人。

作者简介

王子瓜，本名王玮旭，复旦大学中文系汉语言文学专业2012级学生，获2016邯郸大学生诗歌节征稿三等奖。

欢喜

◇ 李子涵

红豆
我想像一株红豆
缓慢地小心翼翼地
等故事长大

生于眉间心上
不在乎是一朵朱砂，还是
一抹蚊子血
就这么肆意地生长
像极了青春张扬的脸庞

雨打行舟
看少年吟游
唱一唱七月的诗
喝一喝六月的酒

作者简介

李子涵，邯郸学院教育学院特殊教育专业 2014 级学生，邯郸学院学步诗社副社长，获 2016 邯郸大学生诗歌节征稿优秀奖。

凌晨两点

◇高　鹏

这个时候，连狗都不叫了
我还在床上翻来覆去
白天的愚蠢落成
飘浮的粒粒尘埃
轻描淡写地抚摸我暴露于外的身体
我不怪它们的敷衍
这个时候，连钟表
都走得漫不经心

我习惯失眠，失眠的时候
不思考哲学、小说或者诗歌
淫欲或许趁机滋生
不过，很快就被平静的呼吸吞咽
我明确，此时做爱
对正在安睡的清朗月光
是无情勾引

我愿意享受一个人的
死寂和孤独
我愿意享受一个人的

误解和救赎
我愿意享受一个人的
凌晨两点
它时常让我憧憬
死亡的气息
然后，随消逝的体温
蔓延，蔓延

凌晨两点
孤魂野鬼睡了
一床被褥下覆盖的
是与影子对话之后的我
搂过另一个自己，开始
陷入新的谈论

谁也别用谁的肉体去撩拨爱情
谁也别用谁的灵魂去探讨人生

作者简介

高鹏，石家庄学院文传学院汉语言文学专业 2013 级学生，获 2016 邯郸大学生诗歌节征稿三等奖。

雨中的童年

◇ 慕凰子

巷屋的木格子窗，
是岁月昏黄的双眼，
我眷念着想要为她披上
温暖的羊绒外衣，
简陋的房屋里，
陪伴她睡在灼灼燃烧的火堆旁，
凝望着飞舞环绕在她身边的千纸鹤，
呼呼吹着那些沉寂在过往的童年里。

从敞开的窗扇绵延向低矮的屋檐，
我和她正站在厚厚的木窗阳台上，
凌乱的芳草——那青涩的双瞳上
滑落下的雨滴，
滴答滴答发出清脆的铃音。

定格到如今，
我还能从掌心闻到
那露珠滴落弥漫的气息，
就像夹在书页种下的一片枫叶、蝴蝶似的标本，
她的故事动听悠长。

追溯动听的童年记忆，
荡漾在可爱的雨儿心庞，
牵手唯美的摇篮天使，
簇拥紫丁香小院的篱笆栏
尽情欢呼。
那细长低垂的翠绿柳丝，
也如江南女子的秀发，
受她温柔地洗涤。

当花瓣飘落在她的面前，
尽管情愫无数次地跌倒在泥泞里，
那些童谣却不会消失于时光的间隙，
那些熟稔的面孔还会在春风里漫步回荡
在雨中光彩四射。

作者简介

慕凰子，本名李晨，邯郸学院艺术学院美术学专业 2015 级学生。

春意，阑珊

◇ 睢雪丛

雪花旋地而起
如烟如雾
新芽枝头含笑
如梦如离

被揉碎的阳光倾泻而下
在鼻尖上欢快地舞蹈
洒在瞳孔中的一抹金黄
淡淡地温暖心窝
拂过发梢的微风
又搔弄着脚踝
绕过手腕
又挂在勾起的嘴角

花儿仰着脸
看身边蝴蝶蹁跹
小草抖下身上的露珠
在地上碎成星光万点
柳梢的画眉梳理着羽毛
唱出婉转的调子

池塘中的小鱼甩甩尾巴
漾起涟漪圈圈圆圆

空气日渐明朗
大地点染绿意
白云身后的一整块碧蓝
镶满了整个天空
像孩童纯粹的眸子
载着最原始的梦

岁月安好如初
唯愿
不负春光
不负流年

作者简介

睢雪丛，邯郸学院外国语学院日语专业 2014 级学生，获 2016 邯郸大学生诗歌节征稿优秀奖。

青春里的诗歌

◇ 侯志远

青春是一首永不言败的歌
青春是一条永不停歇的河流
青春是一座屹立于民族之林的高峰
我用青春之心
送给自己一份青春礼物
那就是青春之诗

青春，我的青春，不悔的青春
青春，悄悄地来，默默地走
在那个古老的不再回来的夏日
无论我如何去追索
只如云影掠过
微笑的面容渐渐淡去
最后隐没在日落的群岚

翻出那发黄的照片
打开那枯黄的同学录
含着泪，我一看再看
含着泪，我一读再读
我不得不承认

青春是一本太仓促的书
没有人能告诉我答案
只有天空划过的流星

青春里总有一个女孩驻足心田
若是分离，也要好好说声再见
若是分离，也要心存感激
感谢她给了我一份回忆
感谢她曾给我带来欢乐

青春的花开花落让我疲惫却不曾后悔
四季的风霜雨雪让我心醉却不堪憔悴
纠缠的云纠缠的泪
纠缠的晨晨昏昏
流逝的风，流逝的梦
流逝的年年岁岁

作者简介

侯志远，邯郸职业技术学院机电系数控技术专业 2015 级学生。

青春印象

（组诗五首选一）

◇ 张志强

小时候趁姥姥打个盹儿
蹑手蹑脚溜出了门儿
花着小脸儿
堆着土堆儿
堆失了魂儿
……
姥姥说
孩子家家的不懂事儿
可别让恶鬼牵了魂儿
拽着耳朵喊路
捧着小衫喊魂儿
等着西山的月头没了形儿

十年一晃就不见了影儿
书包背进了大大的教室
看着小说盼着明儿
呆滞了眼神儿
空想着心事儿

……

如今呀

谁还来帮我找回路

谁还能帮我喊回魂儿

作者简介

张志强，邯郸学院夏青传媒学院数字媒体艺术专业 2014 级学生。

青春花语

◇沙　语

青春的花圃
开满鲜花
我们收获了一朵又一朵

我们的青春里
经历过
失恋的黄玫瑰
绝望的大岩洞

选择了
暗恋的文心兰
遗忘的秋水仙

拥有了
坚强的仙人掌
诚实的紫色槿

收获了
友谊的白百合
爱情的红玫瑰

向往着
自由的天堂鸟
光辉的向日葵

我们的青春里
还有着
再试一下的吊钟花
请相信我的紫罗兰

作者简介

沙语，本名苟林林，邯郸学院经济管理学院旅游管理专业2014级学生。

青春·梦想

◇ 闫悦斌

青春是琅琅的书声
我们用激情放飞梦想
青春是有力的文字
我们用执着挥洒梦想
青春是奔跑的脚步
我们用力量坚持梦想
青春是奋斗的汗水
我们用勇气坚定梦想

青春不是傲娇
不是畏惧
更不是不终而弃
而是我们追逐梦想的最佳时光

梦想不是孤傲
不是欺骗
更不是白日做梦
它是我们走向成功的导火索

过去

我们渴望青春，懵懂梦想
现在
我们正处青春，坚定梦想
未来
我们留恋青春，实现梦想

作者简介

闫悦斌，邯郸学院信息工程学院计算机科学与技术专业2014 级学生。

青春，别走

◇ 付嘉乐

阡陌纵横
黯然神伤
我欲纵身一跃
到达你在的方向
走进你的未来
了解你的过往
聆听你的笑声哭声与歌声
感受你的喜悦愤怒和疯狂
如果可以
请让我与你一起完成多年梦想
请让我同你看尽世间繁华万象
多年后，我会记得
我心悦的那个美妙姑娘
名字叫青春
有着我爱的韵味和光芒

作者简介

付嘉乐，邯郸学院经济管理学院思想政治教育专业 2015 级学生。

难舍的青春

◇ 晨则醒

翻遍所有的诗集
找不到你的名字
摊开所有的日记
寻不见你的踪迹
一定有什么无法忘记

樱花开了
檐前有去而复返的燕子
樱花谢了
眼角堆满一触即溃的泪滴

青春，可爱的青春
似一场画在纸上的雨
如一串窗下行人的低语
一定有什么难以舍弃

作者简介

晨则醒，本名郑一伟，陕西铁路工程职业技术学院管理工程系物流管理专业学生。

春天的味道

◇ 郭小宁

时间
送走冬天的寒冷
在我心间永远抹不掉
春风也袅袅
柳絮也飘摇
看那枝头的花朵
一如既往地微笑
看风景多奇妙
我不住地心跳
是春天的味道
在心间留下印记
永远也抹不掉

作者简介

郭小宁，邯郸学院文史学院汉语言文学专业 2014 级学生。

青春，并未虚行

◇ 陈丹燕

我不知道
要用什么样的笔触
来描绘你的容颜

也不知道
要用什么样的旋律
来唱出你的美丽

忘了在何地遇见你
忘了是如何开始的剧情
在暖阳微醺的午后
在那个栀子花开的夏天
你如风而至
带我踏上新的旅程

曾经携梦与你同行
在淋漓大雨中埋头前进
曾经畅想陪你流浪
不管前路多少坎坷荆棘

而今
韶华渐逝你行迹渐远
我也只能目送你离去
日后
或许我还能记起
这场青春并未虚行

作者简介

陈丹燕，邯郸学院文史学院汉语言文学专业 2015 级学生。

第四部分

如果能够在春天和你相遇

诗里的男子

◇康 佳

一

你笔下有烟雨
倚在唐朝的床头写诗
密谋着一场盛大的相遇
用了很久的时间
在你的国度
做自己的帝王
并把一个心仪已久的女子
娶进诗里

二

那个被你收进诗里的女子
薄施粉黛
用笑绝轻尘的姿势
在春花秋月中飘摇前行
不经意间
她无故的浅笑
便耗尽了你二十岁时的欢情

来不及说对错
已无路可逃
并在某个冬日的午后
形容消瘦低吟你莫名的前世

三

你始终一语不发
生怕那是尘埃里的错觉
走的那天
以酒为名
烧掉所有诗卷
挥剑断水
绝尘而去
从此
青春血泪
温柔地入侵笔墨

作者简介

康佳，邯郸学院文史学院汉语国际教育专业 2015 级学生。

梯子

◇刘　泼

炊烟
笔直向天
沿着炊烟攀爬的人
从没到达过天空

小河
日夜赶路
但沿着流水的人
从没抵达过东海龙宫

一位跛足少年
将梯子搭向院子
试图将它
伸入邻家少女的梦

作者简介

刘泼，本名刘水发，北京电影学院文学系电影剧本创作专业 2013 级硕士。江西省作协会员，有诗歌刊于《诗刊》《中国文化报》《21 世纪江西诗歌精选》《新世纪诗典》等，先后获《赶路诗刊》全国“御鼎诗歌奖”2010年度新人奖、第八届首都高校原创诗歌大赛二等奖、2016邯郸大学生诗歌节征稿优秀奖。北京电影学院“西土城诗社”创建人兼首任社长。

正好需要一场爱恋

◇ 邱笔忑

春天来了
河水疯长
暖风吹醒了皮肤
桃花开了
白粉片朵堆积
花香催眠了孤独
梨花未落杏花未开
正好需要一场爱恋

胭脂遮了羞赧
闪动的大眼睛
被炽烈太阳洗涤的泪花
落在他经过的河
钻石雪崩分裂撒欢地闪
捕捉一只蓝色火烈鸟
镶在余光的视野
热浪未到清风未消
正好需要一场爱恋

作者简介

邱笔忎，本名王雪原，河北工业大学电子信息工程学院集成电路工程专业 2015 级硕士研究生。

四月

◇ 代炎江

整个春天，人们习惯看着窗外
看着瓦蓝的天空发呆
鸟群站在枝丫，看着天空婆娑如盖
静止的星球，藏着另一个世界
时间悄悄地打着瞌睡
轻柔和谐的风往心窝里钻
我听见你的心跳，你听见我
一座山的移动压向另一座山
是多么轻微的移动
所有的叶子挨紧碧绿，你挨紧我
在凝滞的时间里，聆听共同的呼吸
斗转星移的另一个世界里
整个春天，如同漂浮在另一个世界的云
人们目击，一片云朵拥抱另一片云朵
它们共同被蔚蓝和风托举，它们纯真，它们相爱

作者简介

代炎江，山西农业大学公共管理学院行政管理专业 2014 级学生，获 2016 邯郸大学生诗歌节征稿优秀奖。

坠落

（组诗《宣言：致年少》十首选一）

◇ 宁永顾

命运一顿，停在这里。是为了遇见你
为了将这张白纸迅速染黑
你炽热的眼神，漆黑的毛发统统都卷入
内心深处——我无法控制的无底洞

你呼吸的空气早就不是氧气
那些气体来自我的肺。你的嘴巴像吸铁石
我已经快被你掏空，可是我却还不能放手
失恋和热恋一样，都需要时间稀释那份浓密
你说走，我就苍白一分
你说保重，我就不停地往下掉
后来你说的那些决裂的话
只会让我坚信遇见了真爱，然后在爱情里
永远地坠落——

作者简介

宁永顾，本名袁敏，江西师范大学传播学院广播电视编导专业 2013 级学生，诗歌散见于《中国诗歌》《草原》《散文诗》《知识窗》等，获 2016 邯郸大学生诗歌节征稿优秀奖。

不遇

◇ 戴建浩

穿过桃林
离乡的包袱已轻轻
轻轻挂身上
岁月如聋子过桥
河水清澈
青石板踏不出声音
坐轿的新娘
半路逃婚而去
只寻得
红头巾在树上飘飘
如若此刻相遇
也不见得有多凄美
仿佛你我相识二十年
也不过是
洛阳桥上
一面之缘

作者简介

戴建浩，韩山师范学院历史文化学院档案学专业 2014 级学生。

静

◇ 娄和壮

夜晚在弦月的呢喃中
蒙胧双眼停止淘气
静静低沉
亲爱的
为了不惊醒你酣甜的梦
我独自在睡窠里点燃一盏灯
在那片幽静秘密
充满无限温情的角落里
燃烧着我记忆里的曾经
似曾相识的心动

作者简介

娄和壮，河北工程大学资源学院安全工程专业 2013 级学生。

写给你的信

◇赵 佳

写给你的信该怎么写
准备说的好多好多
也成了心中坚硬的冰块
等我用思念的温度去融化
想必我们的故事
我是不能如数家珍般地娓娓道来了

但是那时候你留给我的
痛心疾首，辗转反侧
还有引以为豪的骄傲不羁
还是会让我念念不忘
还有你给我写在纸片上的只言片语
一直被我视为最宝贵的财富放在抽屉里
可是至今我也没有勇气再把它们看一遍
怕是那时候的悲伤情绪在字里喷涌而出
让我难以自持
这些从未被我看做是琐事的琐事
在打上了你的标签之后
都变得弥足珍贵

偶尔会特别神经质地在生活中
寻找一些只存在于你我之间的特别联系
我觉得我们是精神伴侣
你在人世间疯够了，玩够了
终究是要回到我这里
不知道为什么
当时的我就是有这样的自信
我曾经为没有做好你交代的事而痛心疾首
我也曾经害怕你失望而在深夜里流泪
但是最后
还是落成街道上孤单的身影
梦境还是由这样令人伤感的碎片筑起来
因你而成的世界

有那么一段时间，脸上总是没有表情
脑子里却全部是你
每天晚上在昏暗的房间对着电脑写日记
我不知道屏幕前的脸庞
在那时会不会出现些许的变化
那时也让我变得越来越不像自己
被你影响太深
举手投足，言谈举止中
处处存在你的影子
那是我们联系的空白期
那时候试图把关于你的一切抛出我的世界
但是每次都是偶然碰见你的那一刻

我意识到自己面临的正是一场彻彻底底的失败

慢慢地，我也恢复了原来的样子
有关你的情愫
我不会轻易碰触
但无论如何被周边不断改造的我
还是保留了以前很多的习惯
可是我还是不敢轻易结束与那个时代的微妙的关系
因为我怕当电影的片尾曲响起时
我再也没有理由不对那个有梦有泪有你的时代说再见了
我还没有做好准备
我们于彼此的生命中密不可分地存在了整整一个时代

但是，我知道
我已经可以把那些曾经让我们痛苦不已的事情放下了
现在每当我想你的时候
你带给我的只有美好的东西
我们以后的人生或许不再是一个故事
也许这样才是最美好的结局吧
我们都会走到自己的终点
却是殊途同归

写到这里，就此搁笔吧
尚未落成文字的思维片段
早已在那些兵荒马乱的时代里不知所踪
想必是苦寻无用

文已至此

天涯海角

唯望君安

作者简介

赵佳，邯郸学院文史学院汉语言文学专业 2014 级学生。

我想

◇ 郭瑞昌

我想有一棵树的执念
风吹也好　雨落也罢
我想有一朵花的执念
芳香也好　无果也罢
我想有一滴水的执念
穿石也好　入川也罢
但　亲爱的
如若　树不开花　花不纳水
我该如何找寻你

我想有一条鱼的执念
沉默也好　固执也好
我想有一座山的执念
嘈杂也好　寂静也好
我想有一句话的执念
你说也好　我信也好
至少
鱼不闭目　我不转山
至少　至少我输了

才有　才有找寻你的执念

作者简介

郭瑞昌，河北金融学院会计系会计学专业 2013 级学生。

如果能够在春天和你相遇

◇ 李文琪

如果能够在春天和你相遇，
我会把寒冬捂住，
半噙甜美，半噙寂寞，
像孩子吃掉苹果淡青的活泼。

如果你爱腼腆和想念，
我会代你收藏禅意的细雨，
引诱蓝天漾开命运的谣言，
直到墙上栖满墨黑的雏菊。

如果我们只是相隔光年，
我已悟到咽泪的优雅，
生命的刺青却也浪漫，
何苦为我披上鎏金的袈裟。

如果注定我们将错过，
我定把死亡的囚牢紧掩，
可我怎么能重活，
去涂红那轮回的庭院。

贪恋着，生命正艳，
我想掀起最美的波澜，
却怕浅绿枯黄的小楼，
睡白我心底的几个山头。

作者简介

李文琪，淮南师范学院教育学院汉语言文学专业 2014 级学生，获 2015 邯郸大学生诗歌节征稿优秀奖。

等

◇ 叶文蕊

等春日的微风暖阳，
等夏日的晴空灿花，
等秋日的麦浪果香，
等冬日的白雪冰霜，
都期望在最好的年华遇到。
谁可知遇到才迎来最好的年华，
他的眼里有你等的春秋冬夏，
他的目光流露着世间的旖旎。
等战胜时间，抵住流年。
等经过别离，守住思念。
你刚好出现，我正好喜欢。

作者简介

叶文蕊，邯郸学院文史学院汉语言文学专业 2014 级学生。

七夕

◇晓　风

静静地站在银河边
用寂寞梳理着思念
早已习惯没有你的日子
只是我心依然
日日夜夜地呼唤
只为短暂的团圆
漫长地等待
是爱的誓言
虽经岁月无情地摧残
却未曾熄灭爱的火焰
一颗只属于你的心
在等候对岸的温暖
鹊桥之上的相见
泪水模糊了双眼
匆匆而过的华年
见证了坚贞的爱恋
不论时光如何变幻
这份真情直到永远

作者简介

晓风，本名张瑞强，辽宁大学历史学院考古学专业 2015 级硕士研究生。从小热爱诗歌，诗词作品曾获比赛金奖，词作被收入《中国古今词人选集》。

也许，结束，是另一种开始

◇孤　鹤

在记忆的时光里，
我翻阅着已泛黄的笔记，
字里行间的音符，
谱写了记忆中的一首首歌。
依稀记得，如你所言，
也许，结束，是另一种开始，
你的开始，我的结束。

那时的我们，
曾拥有过的甜蜜，
随着翻阅的笔记，
青涩—甜美—伤悲，
最终，画上了省略号。
也许，结束，是另一种开始。

多年以后，
倘若在街角的某个角落，
你我，不期而遇，
希望，所见到的，
一成不变，你的笑。

你还会依偎在一个人的身旁，
一个像曾经的我一样的人，
深深地疼爱着你，
给予你想要的幸福。

依稀记得，如你所言，
也许，结束，是另一种开始，
你的离开，我的结束。
泛黄的笔记，
跃动的字符，
印刻着属于我们的，青春的凄美回忆。

作者简介

孤鹤，本名康永生，四川工程学院电气信息工程系计算机应用（物联网运行与管理）专业 2013 级学生。

管用

◇霍　锡

你的一杯白水，
比全世界的鸡汤管用。
你的一声问候，
比全世界的情诗管用。
你的一句晚安，
比全世界的星星管用。
我在你心里，
比全世界在我手里管用。

作者简介

霍锡，本名明静，中国科学院大气物理研究所 2015 级博士研究生。

永恒少女

（组诗四首选一）

◇叶　欣

那天午后
吃了许多芒果
阳光照在脸上
长出了斑点

周一的碰面
一周的失联
你无心于我
不止七天的执念

九月的相约
三月的心结
我无数次地经过
你六个月的时间

水赤着脚
走在潮湿的街上，
你划着桨

淌进我不夜的眼里。

作者简介

叶欣，中国美术学院张江校区公共艺术系 2013 级学生，美术作品曾参展国际艺术玩偶展等。

盛夏那年

◇ 李爽爽

油纸伞、小弄堂
榕花树下
歌声依然嘹亮
树荫下的斑斑星光
又照亮了所有脸庞
盛夏那年
风儿来到了这个地方
轻轻吹起你的头发
黄昏下摇曳的倩影
午夜里最灵动的精灵
你招招手
似乎在向我做出最后的诀别
我爬上你的枝头
选取一朵最美的花
盛夏那年
叶在轻轻地抽泣
我抚着叶尖
感受她的伤痛
碧绿的艳丽刺痛了我的双眼
闭上眼睛

一颗泪水缓缓划过
抬头望天
出现一片绚烂

作者简介

李爽爽，邯郸学院文史学院汉语言文学专业 2014 级学生，获 2016 邯郸大学生诗歌节征稿优秀奖。

第五部分

乡村记忆的守望

村庄

◇ 符高殿

天空高举一个大风暴
扔过我的村庄。削落了树的尖端、鸟鸣
削落了许多熟悉的名字
我踏进村庄的脚步
开始迟疑。大榕树底下的乡亲，陌生的目光
落在我的衣服里，怎么也掸不掉
大海是一个源头，不是风暴本身
静默，是这个时刻的注解
我是一只误入禁区的猫咪
爷爷奶奶是这个禁区，两座依偎的灯塔
释放着微弱的光
他们把一生不断弯近土地的真理
传递给子孙
教会我们——
如何让微弱的光，照亮整个
悲凉的心脏
这辈子，我是离不开它
就像我脱不下童年，瘦弱的影子
贴满了每一寸肌肤

作者简介

符高殿，郑州大学电气工程学院自动化专业 2013 级学生，作品散见于《中国诗歌》《海拔》等刊物。

我想带母亲走出黑房间

◇王　荣

我想同故乡的溪流一起
带母亲走出黑房间
她从故乡的青山绿水间走来
在一大片繁茂的葵花地中落地、生根
从南至北，即使背负北方无尽的冬夜
她也依旧是那个瘦小而坚毅的身影
但——那漫天的雪花
却总让她怀疑屋后照眼的石榴树
是妖艳的罂粟
我到了收割的季节
她执着地要用善良、勤劳将故乡散落的庭院
打造成安居的岛屿
然而，此时一同生长的还有屋后的石榴树
但在她眼中，那已是一颗颗饱满的罂粟籽
终于，有一天
故乡的庭院彻底陷落、坍塌了
她用歇斯底里的哭喊
告别了曾经美好的一切和那可能的故乡

我多想同故乡的河流一起

带她走出那黑房间
当她无力地在悬崖边徘徊的时候
她最疼爱的儿子，却戏谑地推了她一把
之后，她总以为——
满天飞舞的蝴蝶是一只只乌鸦
手机屏幕上的蓝光，是坟墓中闪耀的点点鬼火

我多想同故乡的河流、山川还有亲人们
一起带母亲走出那黑房间
然而，如今即使溪流淹没了整个村庄
都无法抵达她的孤岛
那里早已荒草丛生、罕无人迹
而她用尽一生心血养育的无能的儿子
只能在房门外
单薄地如同蝉翼
不停地胆怯、徘徊，而又自我开脱……

作者简介

王荣，复旦大学中国古代文学研究中心 2014 级硕士研究生，获 2016 邯郸大学生诗歌节征稿优秀奖。

花语·爱

（组诗《青春·花语》五首选一）

◇ 王轲玮

父母不认识樱花，
不知道那些乱七八糟的东西美在哪里。
这些花是进口的吗？
父亲问。
富士山和抗日剧是他对樱花的全部了解。
“爸，这些花儿是在中国土生土长的
有好几十年了。”

哦——看得出父亲很失望，
他应该在惋惜，
这坡上要是种玉米该多好。

人群像一条喝醉的蜈蚣，
蠕动不前。
母亲用力搓着手，
心脏上大概爬满了虱子。
不用买票吗？
怎么周围都是年轻人？

要不还是回去吧，在宾馆开了房不去住蛮浪费的。

我没有答应。
春天了，硬拖着父母看花，
说不定看久了，
花就能在眼睑发芽。

有人说：城市其实是一种病原体。
这些年不断传染给乡村，
许多土地因此消瘦，
让人觉得是黛玉复活。

周日二十三点十三分，双亲就要回乡。
临行我送了几张印着樱花的明信片，
他们以为是我的照片。
在上面找了好一会儿，
指着樱花树下那个黑魆魆的影子：
儿呀，你瘦了。

我相信城市像是一种流行病，
它终究会不停传染，
不断扩散，
不过，是和那些“爱”一起。

作者简介

王轲玮，华中师范大学马克思主义学院思想政治教育专业2014级学生，获2016邯郸大学生诗歌节征稿优秀奖。

梦你

◇ 罗春梅

浩瀚无垠的星海，
时而俏皮地眨几下眼睛，
明天一定是艳阳明媚。
星星啊，我要睡觉了……

忽梦你，
是来装饰我的梦了吗？
你艳若桃花的容颜，
穿着泛白的布衣，
凌乱地扎着两个麻花辫。

忽梦你，
被父亲牵着手从屋里出来，
红红的脸蛋娇羞的样子。
梦你结婚时，
足足笑了一整天……

忽梦你，
在暴雨时来接我，
黑压压的天空似要将你吞噬，

娇弱的身子跌撞前行，
梦见你等到我时柔柔地一笑，
你的衣服可是全湿了。

窗外的星星不见了，
寒风啊，吹打着窗棂，
世界仿佛在瑟瑟发抖，
梦中的我皱了皱眉……

我贴近你，
看了一眼，
双鬓斑白，
脸上沟壑纵横。
使劲揉了揉眼睛，
再看一眼，
佝偻着身子，
步履蹒跚。
于是，我从梦中醒来……

作者简介

罗春梅，川南幼儿师范高等专科学校初等教育系小学教育专业 2013 级学生。

天马群

（组诗《草原之歌》五首选一）

◇ 路志清

草原是舞台
天马，就是主角
它那不羁的性格
硬是让自己奔腾成一朵飘逸的云彩

烈风的冷酷，宽旷的孤寂
成为草原一道别样的风景
然而天马的歌唱
让草原真实而温暖起来

人和天马的结合
那是激情的血液在血管里撞击的感觉
马背上驮着的梦想
被人们在脚下现实地演绎

很难想象没有天马的地方
草原该是怎样的悲哀
就像是没有了人群的都市

该是怎样的荒凉

天马群飞过

我心中又是一阵风起云涌

作者简介

路志清，河北大学法律专业 2014 级硕士研究生。在《中国诗人》《上海诗人》《散文诗世界》《奎屯文学》《葡萄园诗刊》《大地文学》《贵州日报》《羊城晚报》等杂志上发表各类作品 600 余篇，获 2016 邯郸大学生诗歌节征稿优秀奖。

乡村记忆的守望

（组诗二十四首选六）

◇左　辛

立春

所有枯枝上的风景都活了
写满爱情诺言的箴纸
早已攥成一片激情的黄土
早晨或黄昏，一缕一缕
豪言壮语般动人的曲子
穿越村庄残矮的田垄……

惊蛰

夕阳踩着群山的背影
一片望不尽的绿
从想象的荒原上燃烧

点亮了满山的灯，命运属于艰辛
吃玉米挖苜蓿芽长大的童年
依然是我
最向往、回忆的主题……

清明

夕阳沉落
时光打磨着风的翅膀
心事在田野盛放
岁月深处
牛拖着木犁亲吻着土地

宁静中用风的手指
轻轻翻动收获的一轮皓月
掬捧汗水浇灌刚刚耕耘过的岁月
同时，折叠起日子
细细回味喧嚣中曾经的疲惫……

立夏

用慢慢堆积起的温度治疗
满身忧伤
昨日的迷茫，在等待肆意飞扬
阳光豪放地洒下来
所有的风景都靓了

在深埋幸福的麦丛里忆起镰刀的往事
双手捧住大片大片的冥想
激动中每一棵麦穗
穿越现实
扛一肩记忆在幸福中垂泪……

白露

这是秋天
叶片飘落，大雁南飞
站在高原的扉页
所有别离的日子不再寂寞

努力的脚步不犹豫
从身体的村庄到另一个村庄的身体
故乡迁徙的人，走在回家的路上
汗珠也不再叹息……

立冬

最后的夜色熄在秋阳薄薄的注视下
思想突兀地停止哭泣
伫立沉默
挽救衰败的伤痛

相信断层的地方有天籁的灯盏
但，我双眸已无力穿透
春天离得太远了
严冬乘虚而入……

作者简介

左辛，三峡大学文学与传媒学院汉语言文学专业 2012 级学生。

他的回答

◇小　马

火很明
有鞭炮声在响
这个夜晚注定他的凄凉
我问他在想什么
他说他在思考
他这将近结束的一辈子

我问他有什么
他说成了一个娃
荒了几块祖留的地
送了一个陪了自己大半辈子的女人

我没有说什么
任烟火通明

作者简介

马启铭，笔名小马，河北工程大学农学院园艺专业 2015 级学生。

她的祖国

（组诗《母亲的人间》五首选一）

◇海　燕

中秋之夜，她的祖国出现在海市蜃楼里
公公已经住在了山里，再未醒来
爱人也在山里，咸宁的一处石矿
我在苏州，一条绿色的流水线前
弟弟在武汉，一处钢筋密布的工地上
她在家里，大别山深处的一处村庄
脆弱的炊烟只剩下孤零零的一根
思念也在乡村，一所偏僻的小屋中
她的祖国，今夜宛如拼图！

作者简介

海燕，本名吴海燕，河南师范大学商学院工商管理专业2013级学生。

一个人的他乡

（组诗《醉·吟》十首选一）

◇俯　城

独自在滚滚人流中来去
我暗自吃惊自己何时有了独步天下的勇气
明明思念如潮，偶尔电话铃声响起
话筒中传来父亲的声音
却没有了当年的那份亲近
是谁在流年中把我偷换
让鲜活澎湃的心河上漂浮着淡漠的枯叶
这是男孩成长的代价
还是男孩成长的悲哀
唯有母亲，在我迈步离家的一瞬
依旧眼角湿润，叮咛再三
在我回头时仍伫立村头
让风把白发飘散在我的眼角和心头

二十几岁的男儿
孑然一身，像只候鸟
不停地离家远行
总觉得万千世界

没有哪个枝头可以栖身
辗转在他乡的暗夜
指间烟火明灭处
弹不尽记忆的灰烬

作者简介

俯城，本名龙福成，哈尼族，昆明学院数学系数学与应用数学专业（师范）2013 级学生。

奶奶背上的烟花

◇ 王军军

突然想奶奶了
特别特别地想
想多了，就流泪地想

想奶奶做的饭菜
想奶奶哄着我睡觉
想奶奶夸我时的笑容
想奶奶那被岁月赐予的皱纹

漫长的童年
爸爸在奔波，妈妈在忙碌
我生活在奶奶微驼的背上
她带我去我所有想去的地方
她陪我玩我所爱玩的一切
她永远等在幼儿园的门口
害怕我找不见她就哭鼻子

她给了我她能给的所有
耐心、爱和足够的依靠
直至上天叫走了她

之后，再喊奶奶也没有人应
再也没有人担心我的哭闹

以后的以后
无论回家还是离乡
总是想奶奶
想那年春节
我趴在她的背上看烟花

作者简介

王军军，西南大学汉语言文献研究所语言学及应用语言学专业 2015 级硕士研究生。

农人

◇ 韩玉迈

金黄的麦地
青翠的稻田
有你忙碌的身影
充足的阳光
丰沛的雨水
是上天对你的眷恋

你是大地的精灵
在劳动中飞舞
你是山田的守望者
在辛劳中徜徉

即使洪流来袭
即使青黄不接
你依然固守着这一方水土
它分享着你的喜悦
承担着你的痛苦

你的勤劳与坚守

你的执着与奉献
是你一生的财富

作者简介

韩玉迈，邯郸学院文史学院汉语言文学专业 2014 级学生。

黄昏以前

（组诗《致奥利维亚》六首选一）

◇逸　如

黄昏以前
我们都要回家
都要沿途采下野花
把歌与石子到处播撒
那样的时光
有整座天空那么大的
火烧云
压抑着星辰的喧响
仿佛家还遥远
仿佛白昼还长

黄昏以前
暮光是条大河
平静地自顾自徜徉
他一向喜悦滔滔
照耀着家的方向

作者简介

逸如，本名马骥，浙江农林大学农业与食品科学院观赏园艺专业 2014 级学生。

三月，油菜花开

◇徐　扬

三月
阳光开始沉淀下来
那埋在泥土深处的乡愁
盛开在唐诗宋词里

一声春雷
击碎了一冬的梦魇
十字形花瓣
点燃了整个春天的欲望

乡村的田间地头
生长着撒落一地的金子
蜗居在城市的人们
忙着用相机收割

是谁让生命的色彩
在历经严寒后顷刻绽放
是谁耗尽一生的热情
只为那一无所求的初衷

守住对故园的眷念

把微笑开遍每一个贫瘠的角落
那颗金子般的心
让世俗的目光一溃千里

油菜花开的日子
连天空都是幸福的颜色
那飞舞的蜜蜂
两翅驮着致富的希望

在泥土深处成长的事物
都是生命的歌者
冬天里孕育的孩子
在阳光里找到爱的归宿

作者简介

徐扬，本名徐帅，咸宁职业技术学院信息工程学院软件技术专业 2014 级学生，获 2016 邯郸大学生诗歌节征稿优秀奖。系黄冈市作家协会会员、咸宁市诗词楹联学会会员、安徽合肥莫逆文化传媒有限公司签约作家、中国文学联合协会会员、湖北省高校文学社团联合会主席团成员，在《中华辞赋》《楚天都市报》《三亚日报》《黄冈日报》《黄冈周刊》《咸宁周刊》《散文诗》《西湖》《潜山诗词》《鄂东晚报》《东坡文艺》等期刊发表文学作品 300 余篇，有作品入选《2015 中国诗选》《当代诗歌选粹 2015》《青年文星》。

秋

◇夏　雪

稻野是天空最喜爱的信纸
田埂画出清晰的线条
农人为季节写下的愿望
打上了可爱的标点

作者简介

夏雪，本名江琼，湖南大学中国语言文学学院汉语言文学专业 2015 级学生，获 2015 邯郸大学生诗歌节征稿三等奖、2016 邯郸大学生诗歌节征稿优秀奖。

第六部分

我来自人海

东望洋登松山
——致 M 君

◇陈　丛

阴沉包裹天空，斜街看上去好像刚下过雨
随风上溯，就走到松山最后一级台阶
“喏，喏，想上去，要往这边走——这边走”
一个习惯搭讪的老人扭了扭干瘪的嘴唇
他坐在石桩上，晾晒出两排困倦的眼皮
我不支的体力，勉强走过盘龙的形状和概念
一个被裁剪雕刻成的矮灌木丛以及野花的鳞甲
圣母玛利亚安放在主教堂，静静安守着我们
躺在她怀里的圣子，一直期待着哺乳的时刻
壁画像一条条陆续显露地表的河流静脉，然而
缝隙松动的血液切开众多无法动弹的尘土

灯塔像披着黄色被雨打湿的斗笠
站在女儿墙的内侧，他们以信誓牢固对方
一个穿运动衫的少女运用镜头如照古镜
始终无法完全融入景色，我接过相机
蹲下去，而一群鸽子从背后的风景上飞起
一副笑脸，一勺白色的米粒从空中撒落下来

奔向拣选又已掏空的麦壳、糟粒、玉米碴
它们的细爪子紧推着墙壁，栽种在上面
“遍地都是水，鸽子找不到落脚之地
就回到诺亚方舟那里。”片刻闪光灯亮起
它们就隐藏几片浑浊的羽毛，以及扭伤的瘸腿

树上抖落的秋叶安静沉睡，与树干分居两地
猫肥胖的身子，在教堂红色的厚瓦片上游来游去
几位远客，眯着视线与山下的居民对望
那些狭窄、细密的街道，同时挤满他们的眼睛
我站在地下小型博物馆里，数着台风预报天象的符号
想起 M 君已失联七天，她或许找到另一种风景
矮牵牛、结香花还开在她的手机相册前页
没有落雪的寒冷可以滋养冬季，饱食温暖的山丘
东望洋的风一阵一阵地往海上吹，清香绵长
M 君在北方的某个山丘上停驻，我们同时一起往东看

作者简介

陈丛，澳门大学中国文学专业 2015 级硕士研究生，获 2016 邯郸大学生诗歌节征稿一等奖。

致友人

◇扶　疏

我们的存在像荒草一样。

——题记

阳光开始滑翔，而我安守女贞子的秘密
原因太过复杂，我只记得一点
近旁鹅掌楸的黄，锈入十月的耳朵
窃听我们最后一次不解风情的谈话
这像我们平日的孤独症状——混入庞杂的人群
揉搓双手，取暖是如此简单
那寒气是怎样似箭般射进我们的肌肤之地
关门吧，哪怕是虚掩着
盘旋而来的记忆片段
溶洞之门，也是平躺的岩石床

也许你早有此意
生火，烧透不被接纳的故事
仰望者，真的只有抬头的姿势
此地风景太短，逃离编织的笼子
过去，一粒米碍住视线，你在阳台上收放有限的视角
如钓鱼般，我们是垂钓者，还是咬钩的鱼

艰于呼吸，用雨伞舒展具有压迫感的空间
黑色，灰色，已蠢蠢欲动
它们的精密演算催动太多的慌乱
鱼眼珠眨动，牵连着我们的骨骼
当垂下右手，触摸忧郁的关节后
达成无言的共识：还有长长的冬眠期

“照亮孔洞的须得是明亮”
我们朝向，我们背对
“你我对峙，总像无花果的果实孕育”

作者简介

扶疏，本名田云付，西南交通大学材料科学与工程学院材料成型及控制工程专业 2014 级先生，获 2016 邯郸大学生诗歌节征稿三等奖。

我此生一直听雨

（组诗《当我谈生活的时候，我谈些什么》六首选一）

◇希　文

我此生一直听雨。活得久，就围桌而坐
谈坚硬的，谈柔软的，所有微小的事物
活得不久，就邀门外的月儿、风儿、树儿进来
请她笑，用大而重的颗粒

第一次，我对着门前的四月
轻启唇齿，把说出的话打了个结，攀附在一根钉子
第二次，因一场安静的雨跑走，走得过于慌忙
来不及听雨，一粒初衷要落地的声音。作为
性情中人，这遗憾得伴我残年

可我庆幸，我两次经过她。在同一个地方
在冬天的雨中。我落在作坊的枝头，鸣叫不已
她呢，从来不过问我，只顾往南走
捡起细碎的疼痛，一支酒杯，两瓣云雾
默数一角屋檐下，扭了腰身来不及飞起的燕子

在她老去的时候，雨一直下。洗去灰烬
安静的像一丛小云，大多时候
她的模样让我舒坦

作者简介

希文，本名黄鹤权，福建农林大学金山学院学生，获2016邯郸大学生诗歌节征稿三等奖。作品散见于《诗歌周刊》《北京诗人》《中国诗歌》《故事林》等刊物，曾获2015年央视广播电台中国之声校园诗歌原创大赛三等奖、第33届全国大学生樱花诗歌邀请赛三等奖、人民文学第六届“包商银行杯”全国高校征文三等奖等十几个奖项。

记述一个淌水的人

◇代　坤

更多的时候，我们面壁自观
只为将彼此的脸进行抛光
用于对白色时间的映射
——在我头顶居住着一条夜的河流
昼夜在刀刃中滋生无端的剧痛
分针、秒针；极速之浆予我的欢悦
则会注入我，弥散的痉挛中

每天上演的错误流经我的鼻息。
比如过去的人，从名字又躺回到名字
甚至还包括陌生者，重复新闻中的死因
唯一值得庆幸的只有：
“……可惜我还不是那条溺水的鱼。”

在日月仇视的间歇醒来，在四月的早晨
抽泣的雨正到处逃窜
有多少贯穿我，就有多少会在爱人的眼中退潮
失去弯角的街道紧贴在脚下
盲目的绿丛；风或深或浅地路过
我会想起一些人，他们犹如赤道的腰身

他们，忍痛服下的重复的日子

这座城市正布满了光的陷阱，引诱黎明
而为了抵御下一个白天的暗蚀，我会提前
穿过饥瘦的路灯，来让身体赤裸着
一场大火，在梦里燃烧
通红的椎骨。一个接着一个，直到太阳回升

深夜，把昨天举过头顶的白色河流
我该做个隔岸观火的人

作者简介

代坤，苏州大学医学部生物技术专业 2014 级学生，获 2016 邯郸大学生诗歌节征稿三等奖。

离殇

◇ 杨新飞

岁月在角落里斑驳成灰
思念在空荡的光影里颓废
谁在三生石前犯下前世的罪
堆砌的年华里闪烁着泪

谁在世间化的劫灰
倩影在流年不悔
谁在寂黑的夜里追随
奈何桥边的苦涩回味

长安街外的十里桃花
转世纠缠的轮回
香樟树下的背影
离别落了谁的泪

时光如刀
谁又刻画成了谁
世事沧桑
将人生慢慢烘焙

作者简介

杨新飞，邯郸学院文史学院汉语言文学专业 2015 级学生。

暮色

◇西　伯

夜晚快要降临，光影急剧变幻，树影在分割夜色
一边是白昼将尽，一边是夜幕降临
这时，我们沿河而上，遇见河流、星辰
遇见繁茂的大地、无限遥远的天空
遇见所有已知
或未知的事物。而你并未学会
沉默，充满着对河流、夜灯的欢喜
夜并不浓重，但不会有人看见
我在夜色中想要触碰你的手
一群飞鸟适时地从头顶的夜空飞过
而我不再记得
你说了些什么话语，我如同
夜色般的沉静
也像一只受伤的飞鸟，急着飞向某一个远方
但我始终不会飞走
夜幕降临，你还留在一条河边
我会留下
与你，一起淹没在流淌着的夜幕里

作者简介

西伯，本名陈民华，贵州民族大学传媒学院新闻专业2012级学生，获2016邯郸大学生诗歌节征稿优秀奖。贵州省作家协会会员，文章散见于《诗刊》《诗歌月刊》《散文诗》《中国诗歌》《羊城晚报》等报刊。

集市

◇抱　笠

他们记得八戒吃人参果的教训
估算出羊肉串上牙齿交锋的几个位置
顶着气球想象自己头戴骑士钢盔
冲出摊位，结果帐篷被雨水射中耳朵

在一个古玩摊位，小贩在抽一支七匹狼
孩子中的领袖被母亲卸了武器
答应不再把棍子当刀枪用
商量着要拿床单作披风使

作者简介

抱笠，原名郑一建，福州大学海洋学院机械专业 2015 级学生，获 2016 邯郸大学生诗歌节征稿三等奖。

我来自人海

◇ 曾子芙

行驶的地铁里总有一种独特的气质
有人带着类似温润或安然的表情
有人一脸困顿疲乏的样子
有人带着让人感到陌生的散漫表情
有人带着不知道从哪儿来的优越感
大家都在可怜的人间，终归还是不同的

地铁在行驶过程中发出的声音
像是在寂静的荒地上
传来嗖嗖的冷风过境之声
却营造出了一种空洞的感觉
穿越长长的轨道，带着阴冷的空气
带着你穿行在这个城市下方
去你想去的地方

我不停地转地铁，上楼下楼
拖着箱子穿越拥挤的人群匆忙奔走
周围的人也和我一样
眼神急切、步伐匆忙在地铁间穿行
此刻我就和这些人站在一起

形形色色的人
我从人海中清晰地看到了你们
我来自人海
你们也从人海中显现在我眼前

下地铁后随着人流移动
必定可以到达出口
我随着人流走出。我站在地铁站口
看着前来接我的友人的轮廓
慢慢从人流中变得清晰起来
一步一步越走越近，走到我面前……
此刻，阳光特别温柔，风特别柔和

作者简介

曾子芙，首都师范大学文学院戏剧影视文学系 2013 级学生，已在纯文学刊物上发表多篇散文、小说和书评，获第七届“包商银行杯”全国高校征文优秀奖、2016 邯郸大学生诗歌节征稿优秀奖。

孤独者

◇ 茫茫夜

我不会相信
琳琅满目的橱窗里，还有
衣不蔽体的罪恶
让世界颤抖

水面的涡轮猛地喷涌
倾泻而出的是一阵铁风
历史的钟摆，摇落
一地破碎的七彩玻璃
镜子失明
在地平线上卸下最后的虚伪
被提灯的闪耀所吞没
再也留不下安逸的阴影
惧怕是失明者的眼睛

窗户，一层冰霜
束缚黄昏的桌椅
冰河时代，在火的中心
我选择相信
大白的拂晓

如今在沉寂的谎言，它
在常春藤的修辞学里
战栗，凝滞
橄榄树的幽冥
如同宁静的十字架
把火热的生命镌刻成
时间的记忆
在怀疑的眼睛里

大海把花岗岩悬挂在雨声上
用羽毛托起一整个世纪
用木鱼，敲响
没有光明的太阳的无知
天空被城堡禁锢
诗在玫瑰园里裸露地颤抖
月光流进窗户边缘
我全无察觉

作者简介

茫茫夜，本名徐时胤，湖北理工学院师范学院汉语言文学专业 2014 级学生，获 2016 邯郸大学生诗歌节征稿优秀奖。

旅人[1]

◇唯　洛

孤独在孤独者的背后竖起墓碑，
跋涉在跋涉者的脚下布满荆棘，
我踏着血肉腐朽，
灵魂漂泊在沧桑荒凉，马不停蹄。

秦淮河畔早已一蓑烟雨月落乌啼，
为何有人犹在醉里挑灯落棋；
是谁说百花齐放，春风十里，
为何下笔如刀，割不裂漆黑的天区[2]。

殊途者陌上折堤，
同归人眼中杨柳依依，
偏安一隅的不是你自己，
是盗墓者掘地三尺，也找不到你死掉的勇气。

你看到天是蓝的，就以为晴空万里；
你看到含苞成对，便当做花开并蒂。

① 不管是怎样的时代，作者身上总背负着使命和责任，在一场又一场灵魂的孤旅中，用手中的笔破开黑暗，激浊扬清，为此而九死不悔。

② 天区一词，天与区同义，皆指天空。

可天蓝是撕裂了紫的叹息，
并蒂同茎的一颗心，是要生剥活劈。

这一场锥心刺骨的孤旅啊，
我看见人间到处是虚情和假意，
我看见矫枉过正，过犹不及。
我看见生命凋落仅在朝夕，
我看见世态炎凉背后冷笑戚戚。

走吧，
孤独的墓碑早已林立，
跋涉途中荆棘满地。
走到天涯海角去破旧日囹圄，
拿起武器——时间、心和手中的笔，
去还世界一个去伪存真的结局。

你知道未来不会忘记，
你知道桑田总能炼出沧海的沉寂，
你知道草长莺飞、花红柳绿，
你知道再坚固的城也有人能裂土破壁。

走吧，
哪怕途中再无宁息，
哪怕不会与人相遇，
哪怕魑魅魍魉修罗遍地，

哪怕前路漫漫不见边际。

也快走吧，
带着使命、职责，别忘了还有手中的笔，
留下勇气和染血的足迹，
一路向西——
那里是坟，是雪地，
是荒草丛生的戈壁，
是旅人九死不悔的归依。

作者简介

唯洛，本名李馨璐，邯郸学院文史学院汉语言文学专业2014级学生，获2015邯郸大学生诗歌节征稿一等奖、2016邯郸大学生诗歌节征稿优秀奖。常年从事文学写作，散文、小说、诗词皆有涉猎。

又是雨季

◇张 杰

又是雨季，天空抛下泪滴
呆滞的目光注视那迷途
多媒体播放着刺耳的
声音，充斥着安静的环境

那些年，你一直在倾诉哀伤
天地变大变小
地上的人儿疯狂奔跑
被抛弃的婴儿也在
成长，只是少了很多的复杂

笨拙的形态和臃肿的体态
没日没夜地受苦
睁眼是一个世界，闭眼
是一段人生
清晰度惊奇地相离
与你和时节山水相隔
铁锹挖出的
宝藏，数次惊讶到人群

骂咧声不绝于耳，贪恋倾斜
压倒众生的棉线
缠着柴米油盐酱醋茶的
生活，苦乐交织

作者简介

张杰，山西农业大学信息学院远景学院财务管理专业2013级学生，获2016邯郸大学生诗歌节征稿优秀奖。

码头故事

◇ 庞典典

夕阳在起伏的海面上
散落了一片金黄
这个码头，注定有故事要发生

渔船招手归岸
把一怀抱的孤独留给了海面

忧郁的姑娘低头呢喃
撕掉了一纸老掉牙的想念

海鸟攒足了一翅膀的力气
想要穿越这条海岸线

陈旧的木桩弹去身上的灰尘
挥手送走了最后一位客人

夜幕降临
大海唱起了摇篮曲
码头故事还在继续
月亮，呷了一口老酒

悄悄地安慰着时光

作者简介

庞典典，四川音乐学院国际演艺学院广播电视编导系影视编导专业2013级学生，获2016邯郸大学生诗歌节征稿优秀奖。

冬天

◇微　雨

冬天的风
就像多年前父亲的巴掌
由内到外地冷
我最喜欢冬天
不是因为雪
而是冬天的时候
因为冷
父母懒得吵

不是春天，不是夏天，不是秋天
不会再为买哪种化肥
收哪地的粮食
吵
不会再为农忙饭迟
泥土满身的衣服来不及洗
吵
不会动不动
一场大火汹涌澎湃

冬天

炉子生起来
日子就暖了

作者简介

微雨，本名许春蕾，济宁学院中文系汉语言文学专业 2013 级学生，获 2016 邯郸大学生诗歌节征稿优秀奖，有作品见于《星星》《中国诗歌》《山东文学》等。

最后的我也烟消云散

◇ 于盛梅

下雪了，是 2016 年的一月末
雪在北方下，也去到南方
列车晚点，乡愁滞留
人们疲倦、失落、愤怒、无可奈何
我蜷缩起一条耳机线长的孤独，看见的是
那一张张被手机显示屏的蓝光打个正着的脸

那个东北姑娘咕哝着
“这是我第一次对雪如此失望”
无线电波连接听筒另一端所有失真喑哑的乡音
你的名字是我曾经刻意隐去的

终于又过了一个冬天，温习灰和白
漫无目的，冷而悲伤
人们触摸到了北方河流的歌
像，来自某个春夜的惊雷
稻谷习惯了仓储中的疲劳，麻雀淹留在
北方村落的冬天
除了烟，就是空

旧日子里的念想烧成灰取暖
灶膛里熊熊燃着的离新年最近的光团
我也曾经在年少时枯瘦得像一把柴火
并渴望在谁的灶膛中热切燃烧
怕冷的东西结了冰，静止的物体在预谋中松动
呛烟干咳的老人守在村口
两个动作——枯和等

熟悉的门框好像长高了
你看见母亲鞭炮味的隐忍
你不能说
饺子里全是，酱油里也是
干涸的泥土里长出黑字儿
不会随体温融化的沉默
为了烘托团圆的气氛唱起了歌

心中的冷枪，来自所有新年
辞旧迎新的喜庆炮仗
风轻吹像那阵流言
月色清寡是我的汤
与影子互诉衷肠的人被时光虚晃
面对北方，我却再也学不会热泪盈眶

你啊，在缓慢变白的世界里空无一人
最后的我也烟消云散

作者简介

于盛梅，北京林业大学林学院城市林业专业 2014 级学生，获 2015 邯郸大学生诗歌节征稿优秀奖。

第七部分

黄昏已逝

第三面

（组诗《麦子》五首选一）

◇ 杨泽西

我满足于水面制造出的光的阴影
形成我单独的眼的轻愁
最后编织出属于我心灵的独特花环

我满足于那些粗糙的物件混乱地摆设
使我腾出整块心灵的房屋
缓慢摆放它们原本美丽的秩序

我满足于“疼”混进棉质的阳光
一点一点渗进我的皮肤和心脏
把它明亮的因子注入我的血液

我满足于一枚硬币正反不同的两面
并且我的满足使我得到
它第三面的馈赠

作者简介

杨泽西，河南大学艺术与传媒学院广告学专业 2013 级学生，获 2015 邯郸大学生诗歌节征稿优秀奖、2016 邯郸大学生诗歌节征稿一等奖。

黄昏已逝

（组诗《黄昏下的挣扎》五首选一）

◇ 张国栋

失去前一直在失去
毁灭后一切成灰、成土

你不去看
从来没人知道
在孤寂的角落
白炽灯泛黄着枯荣的脸
陪一池残荷欢笑

渴望一直在渴望
得到后就不会再拥有
苦思悲冥无数个夜晚的夜
再没有比尊严更长的海岸线
一直深抵灵魂的血液
一触蓬勃而发
如孤居老人的泪眼

剪短黑色玫瑰的颈

嗜血猎手的长喙
直戳进我的心
大地震荡
点一堆火焰
灼烧文字的身躯
黄昏已逝

作者简介

张国栋，邯郸学院文史学院汉语言文学专业 2013 级学生，获 2016 邯郸大学生诗歌节征稿二等奖，同年作为全省唯一的大学生代表参加了第八届河北青年诗会。

眠

◇陈　翔

夜以深渊的方式凝视我——
天空是一樽倒悬的漆金酒器

澄澈而黑暗的水压下来——
我成了麻醉病人，躺在湖底

饥饿原先是没入暮色的蝉鸣
此刻转而爬上我的肚腹鼓奏

洁净的虚无触摸我、阅读我
有如盲文。我闭上眼，承受

来自异域的时空；感到自身
像囚在巨大哑谜当中的飞鸟

无法动弹。不知所终的字句
蠕动着，朝向我喉咙的甬道

一万只蚂蚁搬运废置的白银
一旦我靠近，它们迅即撤离

或许我永远无法攫住那些词
就像溺水者命定要错失海洋

但我并不孤独。我熟悉失眠
如流亡之路，黎明终将敞开

像一顶水晶王冠，为我加冕
在迷宫核心，我昏睡如皇帝

作者简介

陈翔，武汉大学新闻与传播学院新闻学专业 2012 级学生，获 2016 邯郸大学生诗歌节征稿二等奖。

死在路上的瞎子

◇右 恩

作为一个从纯洁雪山走入民间的诗人，
他时刻谨慎地与周遭保持距离，就连吃饭
他与女人都缄默不语。
广场上义愤填膺的演说，
他总事先把耳机藏进耳朵，
那平静婉转的音符，
能让他忘却下面七嘴八舌，
关乎吃喝，生男生女的粗俗。
直到一日，他把刚出生的儿子
送往冰冷的雪山还俗，才引起众叛亲离的孤独。
这孤独对他来说是最好的清静，
是完成断章福音的最好时机。
一盘果仁菠菜毒瞎了他的眼睛，
他坦荡而蹒跚地走在路上
却被修炼下山的儿子杀死。
对于死，
他意外，不憋屈。

作者简介

右恩，本名赵明明，北京电影学院导演系 2014 级学生，获 2016 邯郸大学生诗歌节征稿三等奖。

九只虾

◇ 李鹏鹏

早上你身在北京，午夜在芝加哥醒来
你感到饥饿锥心，如同病痛
迈着雪的脚步进入法式餐馆
吃饭的人很多，多得和一个人一样
他们都在面对着一张纸折的羊羔大嚼
你坐下，一幅齐白石的虾端上来
饥饿得到了解药，为了止渴
你画了五只杯子：一杯奶茶、一杯咖啡、一杯琉璃
还有一杯玛瑙、一杯月色
事后，你用秦朝的半两支付了这顿满意的饭食

吃得越少，也就越多
齐白石的百虾图，只吃九只就饱了
九只游回到水中，九只游到花瓶之上
九只躲在泥金扇面，九只被墨笔抹去
九只飞起变成蝴蝶，九只老死他乡
九只变为齐白石的手，九只遁入空门
九只虾非虾，九只被墨鱼吃去
另一只不知所终
还有多出来的九只尚在梦中

你没有梦见它们，但它们梦见了你

你感到虾在你肚子的海里游泳、翻腾，如同妊娠
——你整个身子被翻译成一尾孤独的游鱼——
呕吐而出，是一整个盛唐

作者简介

李鹏鹏，北京师范大学文学院汉语言文学专业 2013 级学生，获 2016 邯郸大学生诗歌节征稿三等奖。

小偷与大师

◇ 陈嘉栋

我潜行在黑暗之中
肮脏的角落、寂寥的深夜
都是我渴望的梦魇
游离于地狱之边缘
吟唱着罪恶的呢喃
我闪耀在众人眼前
悉尼的剧院、瑞典的宫殿
都是我璀璨的舞台
行走于天堂的巅峰
称颂这繁华的世间

饥饿、疾病、监狱（奶酪、爱人、新家）
都是上帝给予的眷恋（都是恶魔对我的考验）
纵使无奈（即使忏悔）
我依然接受这命运
因为人生没有第二次的重来

唯有失去（唯有获得）
才会明白生命的可贵
唯有死亡（唯有活着）

才能感悟时间的残忍
唯有生存
才是我们共同的期待

哦！（上帝在向我挥手）
天！（撒旦在向我呼唤）
我该何去何从
去追寻（去获取）
爱与钱（情与权）
最后，我被世界所背叛
抑或是，世界被我所欺骗

再见，我深爱的世界（你好，深爱我的世界）
我爱你直到永远

作者简介

陈嘉栋，邯郸学院软件学院软件技术专业 2014 级学生，获 2016 邯郸大学生诗歌节征稿优秀奖。

闪电之虚构

（组诗《水上书》十一首选一）

◇曾入龙

一道闪电
倏忽而过，仿佛未曾发生
却又真实地发生过

一道闪电
途经了天空、白云，在一棵
孤独的树的头顶，嗞溜一声划过
随即彻底消失

然后来到了这里。一道闪电不期而至
让祖父浑浊的眼睛
瞬间明亮了一下

雨来了，闪电不见了
祖父向外张望了许久，只听见一声惊雷
把闪电
吓跑了

作者简介

曾入龙，布依族，贵州大学科技学院文学部新闻学专业 2013 级学生，获 2016 邯郸大学生诗歌节征稿优秀奖。作品散见《星星》《山花》《美文》《诗选刊》《诗刊》《中华诗词》等刊物及选本，出版书籍《何曾吹落北风中：从宋诗里开出花来》，在全国各种征文中获奖百余次。

远春

◇艾　迪

春是一种最古老的感动
是遐想　是丁香
是与所有过往的握手言和
在这里，一切都可以被原谅：
干涸的泥土或是　未及展开的断章
把云摆在苍野之上
再将原本金辉的事物一一点亮
端详
没有做上花魁的接着吐露芬芳
不安分的流浪人　继续在路上歌唱
远方
季节里　大都如此
慢慢开始　慢慢蔓延　就像当初一样
怎么舍得让爱
活在一片荒凉

作者简介

艾迪，邯郸学院文史学院汉语言文学专业 2014 级学生，获 2015 邯郸大学生诗歌节征稿二等奖、2016 邯郸大学生诗歌节征稿优秀奖，参加了第六届衡水湖诗歌节暨 2017 京津冀诗歌联盟年会。

帘外雨潺潺

◇ 韩相帅

春天来临，或无暇顾及。一切都是诡异
荒谬的重新组合，虚构的群山张牙舞爪。
蜷缩，一个躲在桃核里的人。
所有的日子被凝聚成一个点，
雨水比他更了解过去。他希望
屋檐挂着的雨帘更厚一些，莫让悲愁向外蔓延，
水池上，春燕衔泥筑巢很忙碌。
也不愿打扰趁夜开放的花儿，
只有一队蝴蝶尾随，到了梦境。
它们自封为主宰者，在书卷和画作里大声招呼
飞着的、爬着的宾客。
有的人生从此只剩一件事，
唯在词语间散步、歇息，练习喘气，
练习吃雨后的泥土。
再无其他，这是最后的权利。
夜色里人最少，可以尽情裸露。
那么，谁在偷窥?

作者简介

韩相帅，西安理工大学自动化学院控制科学与工程专业2013级硕士研究生，获2016邯郸大学生诗歌节征稿优秀奖。

空灵

◇ 刘瑞华

山川被月光笼罩
那一片银白
仿似站满了精灵
他们吟唱着
合成那轻柔如锦的风声
时而低沉时而空灵
这是月光中最美的交响

我忘了我是谁
我忘了我在哪里
我就这么静静听着
静静等着
直到雪花飘落
星光闪耀
就任这雪花掩埋我
就任这星光覆盖我
这样消散也是很

作者简介

刘瑞华，邯郸学院文史学院汉语言文学专业 2015 级学生。

塞北纪行

◇谢　俊

生命的渴望
总是拖着巨大的黑翅膀
在白云下的草场拔节、疯长
达达的马蹄，跑起来
就连风也成了它的鬓角
翻涌的麦浪
漫过了高高的山冈
幸福的牛羊
正亲吻着青草的安详

那些随风飘过头顶的
灵魂，总是无处安放
翘首等待一只神鹰
在眩晕的阳光里，结伴而行
在那里，完成一次生命
华丽的出场

是谁把动荡的呼吸
藏在了落日的沙丘里
让那涉水的归雁

早已没有了模样

还要干涸了滚烫的眼泪

努力把晕厥的方向渐次灌醒

在岁月的履痕里

凿出阳光虔诚的足音

作者简介

谢俊，中国海洋大学汉语言文学专业2013级学生。作品散见于《90时代》《作文与考试》《青岛日报》《中国海洋大学报》等报纸杂志，有作品收录于《林中凤凰诗歌集》《2014年中国高校文学作品排行榜（散文卷）》《2015中国大学生文学作品大展赛获奖作品选》等，曾获首届行远诗歌奖、第二届“新一代”文学大赛二等奖、第五届“青山书院杯”校园诗歌奖、第三十二届全国大学生樱花诗歌邀请赛优秀奖、第五届“包商银行杯”全国高校征文入选奖、山东省大学生散文创作优秀奖、青岛日报优秀作品奖等。

面具

◇ 张晓洁

浓妆艳抹华丽上场
戴上面具露出笑脸
在熙攘的人群中尽情舞蹈
我一个转身撞倒自己
面具后的泪水潸然而下
周围的人群捧腹大笑
我凄然站起　嘴角仍挂着微笑
就算跌倒　也要豪迈地笑
是你曾教给我的骄傲
一个不经意让泪水占据了眼眶
是我不小心露出的马脚
没有你，我要更加骄傲
尽情舞蹈
冷眼旁观别人的嘲笑
跟着自己心的节奏才最重要
鲜花与掌声
冷眼与嘲笑
一切都无关紧要
夜幕降临时
戴上面具

伪装坚强跳进人海里

是我最后的骄傲

作者简介

张晓洁，邯郸学院文史学院汉语言文学专业 2015 级学生。

四方

◇塔　尔

你听得见风吹叶唱的声音
却听不见赞美表扬的声音
你闻得到夜晚月儿的芬芳
却闻不到月儿之下你的悲伤
你看得见成功者鲜花掌声里微笑的脸庞
却看不见失败者阴暗角落里瑟缩的翅膀
你摸得到四角之外蔚蓝的天空
却摸不到四角之内你被画好的命运

你当然会相信
这世界上总有下不完的雨、吹不完的风
降不完的雪花与霜冻、受不了的冰冷与嘲讽
会有走不完的路、忘不了的人
说不完的痛苦与厄运
品不尽的寂寞与伤心
而你也该相信
总会有一片连着一片的阳光一个接着一个的天堂
一件件的雪中送炭事
一个个的花好月圆夜
成为你生命中抵挡不了的永恒

风雨过后也许还是风雨
彩虹尽头也许还是彩虹
我们不想经历的一切
是在重复里苦尽甘来
是在重复里甘尽苦来

走过的山、趟过的水、看过的景、流过的泪
都会成就自己的命运，都会让自己与众不同
这样相似雷同的生命
如一样闪过天空的流星
谁在无畏地追寻，谁在真正地奉行
梦想是一把锋利的刀刃
拿在手上是轻
刺入心中才痛

作者简介

塔尔，本名谢素云，中国石油大学（华东）化学工程学院应用化学专业 2014 级学生，有作品在《九月》等文学刊物上发表。

稻草人

◇郑 悦

我站着面朝你来的方向
不知道你从哪来　将前往何方
我只是一个稻草人　站在这片原野上
只有麻雀陪着我
一边吃掉我一边陪我眺望远方
你风尘仆仆满身风霜
我以为你会急匆匆地掠过我
而你却微笑着坐下来
陪我披上夕阳
当星辉洒满的时候你走了
头也不回地走进我的后方
那天之后我再也没有见到你
你身在哪里　将赶往何方
虽然我没有表情　不会歌唱
虽然我的内心　早已一片荒凉
但我仍会想念　心存幻想
我就在这里　面朝你来的方向
只是不知道
还能不能等到
那天一样绝美如血的夕阳

作者简介

郑悦，邯郸学院文史学院汉语言文学专业 2015 级学生。

第八部分

仰望一块煤

外滩，环卫工人没有面孔

◇ 陶玉帅

没有泥土的地方
穷苦人都是空的，走路都不会有骨头的回声
可还是必须遵从日晷的驱使
一日三次返回体内挪腾出足够清爽的空间
黄浦江的风、黄浦江的水、黄浦江沉没过的渡轮
都排着队工整地倒立在锥形的夜色之后
随时都有跃过森严皮肤的危险
到你们紧缩的腹腔摸牌、耍泼、斗气、打诨

任何轮廓的游客
都可以轻易摘走职业装的姓氏和嗓音
相比于蹒跚学步的建筑
你们的身体才摇晃着更多上帝紧捂的秘密
比如众多的你们只是一个嘴唇
舌尖下面含着的是一个比星球还要浩瀚的词
故乡，他很早就收走了你们绿色的根茎
悬浮着燃烧，本身就要防备城市一闪而过的银枪

作者简介

陶玉帅，新乡医学院三全学院基础医学院系临床医学专业 2014 级学生，获 2016 邯郸大学生诗歌节征稿二等奖，作品在《九月》等文学刊物上发表。

生活散落在楼梯周围

——写给一位保洁阿姨

◇ 陈再雄

这个女人，一把锈蚀的刀子
在地面刻划着，皱纹
铺满大地的霜
天生的艳质日渐衰竭
刀被秒针磨穿，钝器
仍然发亮，存在
留着仅剩的半颗脑袋
用声音清除墙上的广告碎片
然后拖着几个装满食物的麻袋
往下，从六楼到一楼
清除不洁之物
每天太阳照在她的脖颈上
阳光散落在楼梯上面
来来往往，似乎没有终点

作者简介

陈再雄，贵州民族大学人文科技学院新闻学专业 2013 级学生，贵州省作家协会会员，获 2016 邯郸大学生诗歌节征稿三等奖。

一个流浪者

◇欧 欧

我在廊桥的座椅上，
遇到一个长期流浪者，
他的脚像裂开的岩石，
荆棘般划破溪水。

他可真古老啊！
他给我一个颓废的样子，
污皱的上衣和一双被人丢弃的鞋子。
他隐居在热闹的地方，
像一个卑微的客人，
捡起地上的空酒瓶。

红肿粗糙的手指，
盛起过这里的善意，
抚摸过泥身菩萨的福荫，
戴上了静默的黑夜。

最迷惘的表情架在最新的屋瓦上，
沾在路人的睫毛上。

他说，
他睡在观音菩萨的净瓶里，
听得到瀑布砸在肉上的声音，
冬天，他的肉是站立的。

作者简介

欧欧，本名欧玲艳，嘉兴学院文法学院汉语言文学专业2014级学生，获2016邯郸大学生诗歌节征稿优秀奖。

拾荒

◇ 胡荣波

山坝拾垃圾的伯伯
没钱娶老婆　好心人介绍了伯嫂给他
伯嫂举目无亲　靠着数日子过生活
没有怨念地嫁给了伯伯

伯嫂身子矮小
没有知识　没有文化
长记忆以来就留着短头发
眼睛被偷的只剩下一颗
记不住小孩儿的名字
喜欢站在门口傻笑
嘴巴微张
眼睛眯成一条线
心里嘀咕着什么
洗衣做饭
偶尔　捡捡垃圾

儿子在一天天长大
有一天出门　就再也没有回来
儿媳妇只能另嫁他人

孙子
一口气没了成为土下魂
她拾不住什么
只拾得起垃圾

日子还是得过
老伴儿没什么脸色
黄昏下的土培黄
黄得像老伴儿的脸

没过多久
伯伯也去了
伯嫂依旧喜欢站在门口傻笑
嘴巴微张
眼睛眯成一条线
心里嘀咕着什么
只是
再也拾不起　垃圾
只是　拾荒

作者简介

胡荣波，湖南第一师范学院文学与新闻传播学院汉语言文学专业2014级学生，校星火文学社社长，获2016邯郸大学生诗歌节征稿优秀奖。

茂名东站

◇ 陈步云

他上车时与我错身而过，
是的，我也要重回我的城市。
站台内永远阴凉如雨后，
铁栏锈涩的开合，与喇叭漠然的耸动，
倒也还在公告着，候车室条凳下
那些晦暗又令人难捺的旧物。
手机被她压在左耳与椅背间，
她斜倚扶手，慢慢地探出紧绷的脚背
勾起跌落凌晨三点的高跟鞋。
听筒里的隐衷就轻轻击打足跟，
迫切，凄凉，
渐而无悲无喜，
变作别个世界的呼啸。
而候车厅仍然空旷如数年前手写的地址，
黎明开始擦染骨立于白墙根底的霉苔。

他上车时与我错身而过，
我知道他一定刚刚挂下电话。
而我急于跨跳下那节永动的怪铁，
他也只好重隐入车厢内无名的微尘。

是的，我终于也重回了我的城市。
我早已不会再想起
昨夜候车厅里溶去的眼妆，
和女人瞳孔中凛冽的音叉。
虽这一切在我多么熟悉，
熟悉如童年的针孔，
如侧影，
如弟弟左臂的疮斑。

而唯有他的钥匙是我手心里的悲哀遗物，
无关乎她，
或一切旧日来客。

作者简介

陈步云，复旦大学汉语言文学专业2014级学生，获2016邯郸大学生诗歌节征稿一等奖。

血的南方

——纪念许立志

◇从 安

放下行李后，他就把自己接进流水线
签一张契，他把自己卖进铁栅栏
像乡下圈猪和羊的栅栏。身边满是
男人创造的东西：机器、楼房、设计图
盛在工业的酸碱里，不在宋词和苏州里

很久没有飘雪。下班后他才被自己的
膀胱唤醒，左手和胳膊也复苏了瓜葛
只消一夜，他便变成一架轻巧的机器
抬手、放下，焊接、组装。手机成型
不懂事的孩子为了这东西卖了肾

这些年来，他除了上班，还是上班
把光阴拆散、组合，用熟练的双手
给天堂装好螺丝。这些年来他亲手
种下自己的失眠，像老母亲的失眠
楼前的苦楝树用绿色颤抖，它的手
臂拢不住一只鸟儿

作者简介

从安，本名李啸洋，北京师范大学艺术院传媒学院戏剧与影视学专业 2013 级硕士研究生，获 2016 邯郸大学生诗歌节征稿二等奖。作品散见于《星星》《诗刊》《散文诗》《2014 中国高校文学作品排行榜·诗歌卷》等，曾获首届“金光大道”全球华文校园散文诗奖、第八届首都高校诗歌原创诗歌奖、《扬子江》诗刊“朵上·一首好诗”奖等。

过田坝大桥

◇ 廖朝有

在昭通到巧家的那段路程，全是峡谷
来自周边的水，流往低处，汇聚
形成牛栏江的支流，一路向西
田坝大桥，昭巧公路的百分之一
横跨水流量最小的峡谷
让原本势不两立的两座大山
在快要结束你追我赶的平行前进时
来了一次亲密的会晤，拒牛栏江于一公里之外
从去年开始，它就沉默于一次严重的塌方
切断了昭巧二级公路上川流不息的车辆
时常往返于其中的人，到此处
都必须亲自，用脚步去丈量它的长度
对大多数匆匆过客而言，可以在此
放慢脚步，感慨如流水的时间
可以从高处俯瞰，那些躺在峡谷中的石头
仿佛处于水深火热中的命运
行至中段，可以随手揽一缕轻风
轻而易举就能握住，滇东北以南的苍凉
也可以在夜里，往钢筋混凝土浇灌的硬度上
撒一泡尿，和寂静的牛栏江比一比声响

再抖一抖，把生活中多余的负担卸下
走的次数多了，这些事我都干过
回头想想，我和这座桥没什么两样
同样有过被人支配、踩踏、侮辱和欺压的经历
每一次忍气吞声中我都会记下：
谁对我行好，我就成他一辈子的依靠
谁对我使坏，我就成他命中注定的意外

作者简介

廖朝有，昭通学院人文学院汉语言文学专业2013级学生，获2016邯郸大学生诗歌节征稿三等奖。

献诗，农民

◇ 张振川

他吃窝头、馒头、咸菜
干巴巴地望着生活
仿佛天空许久没下过雨
空气里被芥菜泛起一些苦涩

土地是干的、屋头的砖块也是干的
他和泥、加水
用老茧夹起砖块
垒一个鸡圈鸭圈或者鹅圈
圈养起自己和生活

他种下蔬菜、麦子、玉米
浇水、打药、施肥
在喇叭藤在早农的篱笆上开出一朵花之前
他拿走锄头、铲子、铁锹
刨地皮、埋肥料、捡碎草
把白花菜、羊胡子、堆儿菜放到挎篓
喂猪和兔子
一些碎叶子粘在衣服上下，是被搁浅的鱼

他回家做饭、做菜
把榆木、槐木、枣木放到灶台以下
晒出被子、衣服、桌子
他干巴巴地望着生活
心底生出盐、潮虫和一洼泡过稗子的水
太阳大得出奇
中午十二点以后把内心的潮湿一再晒干

孩子的声音倒挂在窗户
他需要午睡，他的鼾声厚重
一张床从木头掉进房子
门外，雨水扎进房檐下的瓷缸
瓷缸破旧，一生未满

作者简介

张振川，燕山大学信息学院软件工程专业 2015 级硕士研究生，获 2016 邯郸大学生诗歌节征稿优秀奖。

十二点的光线

◇ 王簌汐

光线凝在你的脸上，
舞池，不知所措地一阵朦胧。
我恍惚，我恍惚。
酒只是躺下了。
躺下的眉线、不香的水，
呵！发烧了？
冰凉冰凉的。

黑夜里世界全是钱。
借的舞鞋，借了爱情。
借我一张没有你名字的卡片。
写上白面女人和他红色的孤独。

笑你了，呵！笑你了。
上帝在你的心上，在我的颈上，
笑你了……

打碎的玻璃窗，沉重的记忆。
凝固的火车开向了远方。

好朋友将我搂入怀里，
我听见了钟表跳动的声音。
我知道的，我是知道的。
它会在天亮停止。

狂欢让一切都沉静了。

唇在十二点处是光线，
光线没有眼睛。

2016 年 1 月 24 日于丽江

作者简介

王簌汐，本名汪凯，晋中学院文学院新闻学专业 2015 级学生。

站在麦地畔的女人

◇乃　骐

刺目的红棉袄
笔直地耸立在略显老态的麦地畔
墨绿的头巾
让我想起了外婆
头巾的质地能勾起任何东西
黏着的柴火屑
随着风的频率
无力地颤抖着
结冰的白草
僵硬地插在路边
根也被冻住了

冬日的风
总是欺软怕硬
怀念春日里
麦浪凹凸有致的舞姿
如今脚下的麦苗
期盼冬雪的碾压
正如路边的人儿

冬天的黑夜
总是那么性急
做工的男人还未归来
久立的脚冻了
动了
头巾裹紧了
近了
撩人的红棉袄扭出躁动的花纹
眩晕、沉迷、热情……
传递出新婚之夜无法言说的秘密
冬天的等待是因为黑夜而变漫长的吗？

黄历是一切的开始
那男人她第一次见
粗实的身材
毫不掩饰的目光
逼退了她的羞涩
灰白的的确良换成了新红的棉袄
冬天的火炕比红烛更能敞开人的联想
火苗出完了汗再出油
这个黑夜依依不舍地走过

清早的鸡叫
甜腻腻的
婆婆命运般等候

梦里出现过的场景
此刻的仪式
她有些躲闪
久经厨房，久未摘下的头巾
散发着经久不衰的烟味儿
婆婆的头发
硬硬的像被捂得发霉的冰凌花
头巾即将催生下一批霉菌
她僵硬的头颅
不可避免地套上了
绿色让黑发更黑

脚下的土地
未归来的男人
历史书样的老人
一触便看到尽头的生活

头巾被勾住了
她伶俐地拔掉了
手指上的倒钩刺
被体温暖和的土地有了鞋印儿
她还在望着
她要等待一场惊天动地
创造出一个未来

作者简介

乃骐，本名王丹，重庆师范大学文学院比较文学与世界文学专业 2012 级学生。

一张车票

◇竹　坚

泥刀，
在冰凉的水泥桶嘟嘟作响。
敲碰着城市的厚厚壁墙，
疼痛了阿妈捧起的热汤。
砖头，
一块块砌起都市温暖的院墙。
围不住，愈不合，
刺痛的心对故土的渴望。

一块五一斤的米，
二百五一月的房子。
胃里苦，身上冷，
家的呼唤在心头美滋滋。
繁华都市大厦一幢幢地拔地，
回乡的路却分外逶迤。
半夜梦醒，
那时阿爸东头的麦在田间嬉戏。
聒碎，
大都市喧闹的记忆。

清早，
从工头手中领到皱巴巴的汗水，
揣进怀里，
阿弟天真的笑声想起。
又紧握在手心，
阿妹的小辫梳得美丽。
蹦到车站，
换取了一张沉甸甸的车票。
车票真重，
花费了一生的运气。

一张车票，
载动的是满心的欢喜。
载不动的，
是那沉甸甸的故乡记忆。

作者简介

竹坚，本名徐涛，井冈山大学旅游管理专业 2014 级学生。

仰望一块煤

（组诗《大地之灯》七首选一）

◇黄　宇

一种色泽，闪耀着原始的光芒
一种姿态，映射着生活的尊严
我坐在红彤的火焰上
与一块煤来一场惬意的对话
它的春夏秋冬
只被现世苍茫涂鸦上一种颜色

一群矿工如庸碌的黑蚂蚁
埋头爬行的轨迹
沿着幽暗煤山拓开生命的宽度
一群矿工，与生活徒手搏击
下井、采矿、运输，用手中的铁铲
不断刨平着心灵的无尽创伤
陌生的往来，给陌生的城市制造一场人口大迁移
在狭小的内心，继续
叩问生命的本源

作者简介

黄宇，中山大学管理学系工商管理专业 2012 级学生。

长途汽车站

◇ 欧阳高飞

走了总要回来，带上母亲的忧伤。
那一年，我在南京上大学，
书中常说阶级与太阳，一些不切实际的
臆想，偶尔也被提及。我错过火车时，
民工坐在汽车站一角，和地砖一样，
他手里的馒头也是冷的。他想起
妻子皱巴巴的乳房，又感到一丝冰凉，也许
包工头藏好了人民币，开始吞吐云烟。
人来人往，一个背着蛇皮袋的老人走过来，
他说，等待一夜仅仅是等待，
这里没有雨，棚户屋的门窗也挡不住一阵风。
我不曾怜悯那层眼翳，付不起一趟航班，
更让人自暴自弃。异乡的红发姑娘
让我别沮丧，递来一支香烟，中南海。
粉红吊带今天一点也不淫荡，我知道，
她的心仍留在那一夜的白衬衫上，像
一片卑贱的叶子，落入光荣的尘埃。
南京到东莞，女孩将从南方回到更南方。
那里也有一样的小镇青年，
白色紧身裤，过耳的鬓发，文身艳丽，不知所云。

他们在车站将要回家，背着产自莆田的爱马仕，
自信地装进了一整个城市的荣光。我看到，
商铺里的小贩，将汗水与狐臭煮进关东煮时，
便在同性恋者留下一串号码的厕所里，开始呕吐……
汽笛长鸣，我被颠簸着，载入柏油马路
尽头的荒凉。最后一次，我将告别穷朋友们的诉说，
躲进移动的故乡。落魄的灵魂会重拾轻狂，
归途迢递，这一切我不会再和人说起。只是
城市边缘那座长途汽车站，我或许无法遗忘。
那夜它发出光，流过两旁杂草与丛山，天明
又将老去。但今夜，它忽明忽暗，好像一颗钢铁太阳。

作者简介

欧阳高飞，南京工业大学经济与管理学院市场营销专业2015级学生。

一些人

◇ 吴舒平

烈风嘶吼
将夜无限拉长
散落的灯火
犹如城市的眼睛
守望着一些人的梦乡
又似浓妆艳抹
夜色的谎言

在风的间隙里
传来
不远处工厂机器的长鸣
穿透无休止的风
轰隆在苍茫的夜空
没有风声忽近忽远的音律
也不似落花流水的多情

我仿佛看到那里
灯火通明
仅是白昼的延续
没有昼夜交替

有的只是一道道工序

一些人
黑夜也是白昼
白昼里尽是黑夜
随机器响起
微薄的收入
在血汗中凝成

作者简介

吴舒平，佛山科学技术学院文学院中文系汉语言文学专业2014级学生。

以一个留守儿童的口吻

◇ 陈毓珊

记不清什么时候起
试卷上家长签名的那一栏
已不再有你们清晰的笔迹

奶奶戴着老花镜也念不完的童话
我用拼音把剩下的故事译到天明
屋里的白炽灯盲了，在黑暗里啜泣
屋外的我醒着，在月光下沉默
听到你们甜甜的呼唤，从灶台传来
猛回头，只有奶奶搓洗大锅的嘶嘶声
妹妹玩累了，入梦时还流着口水
檐角的燕子簇成一窝，忙着戏耍

起风的夜，解开回忆的纽扣
别忘了，五仁月饼的美味
别忘了，陪我做旋转木马的约

作者简介

陈毓珊，韩山师范学院潮州师范分院中文系语文教育专业2015级学生。

棒棒儿

◇ 余和鲲

我在重庆，经常看见他们
背着东西爬坡上坎，嘴里面念念有词
汽笛声还很缈远的时候，他们就成群结队站在那儿
手上的棒棒儿布满老茧
“你可以帮我搬东西吗”
一个外国人用极不流利的中文问
棒棒儿一窝蜂前去搬东西
另一个棒棒儿则站在江边，一动不动
这是一个年轻的棒棒儿，今天一个活儿也没有
他父亲也是棒棒儿，去年出了车祸
他深知棒棒儿行业潜在的规矩
把活儿给别人，也是给自己休闲
深夜的时候，棒棒儿在一个烤鱼摊聚集
“五魁首，八匹马”
他们嘴里念念有词

作者简介

余和鲲，重庆第二师范学院2015级学生。曾获《红豆》杂志全国征文比赛一等奖、《人民文学》第六届“包商银行杯”

征文散文优秀奖、第一届全国晚风文学联赛三等奖、《萌芽》杂志全国书评比赛优秀奖等，作品散见于《当代小说》《短篇小说》《红豆》《知识窗》《少年文摘》《演讲与口才》《特区教育》《心灵文苑》等，有作品入选《2015 年度中国高校文学作品排行榜》《当代大学生诗选》。